Silvia Bovenschen

NUR MUT

Roman

FISCHER Taschenbuch

Erschienen bei FISCHER Taschenbuch
Frankfurt am Main, März 2015

Satz: Pinkuin Satz und Datentechnik, Berlin
Druck und Bindung: CPI books GmbH, Leck
Printed in Germany
ISBN 978-3-596-19719-4

Ich begann, darüber nachzudenken, dass ich alles, was ich bisher gesehen hatte, unrichtig gesehen hatte.

LEONID DOBYCIN, Die Stadt N.

Natürlich, es wird die Unsterblichkeit geben, irgendwann. Ich aber werde dann schon gestorben sein.

JOHANNA TRESTA, Zeitaktien
(Roman, verschollen)

Wenn man sich der Sprache in entspannter Konzentration ausliefert, kann es geschehen, dass man von den eigenen Texten erschlagen wird.

(aus dem unveröffentlichten Essayband
der JOHANNA TRESTA, 2017)

Da sitzen sie, sagen wir in Malibu, sagen wir auf einer Terrasse, vielleicht können sie das Meer sehen, möglicherweise den gleichmäßigen (ewigen?) Wellenschlag hören und den Schrei der Möwen.
Jedenfalls sind sie, das ist sicher, verliebt. In dem Stadium des reinen Entzückens, in dem jegliches interessant ist, was die geliebte Person berührt.
Das ist ein attraktives junges Paar, Jean und Mary, ein Drehbuchautor und eine Journalistin, in den besten mittleren Jahren, gegenwartserprobt und gutgelaunt der Zukunft zugewandt. Sie haben die ersten Turbulenzen ihrer Liebe schon hinter sich und zum Rausch ist ein Vertrauen gekommen.
Ja, so wollen wir sie sehen.
Mary ist schwanger. Im dritten Monat. Ein kleines Mädchen wird erwartet. Zu Marys Füßen liegt ein großer Hund. Er schläft. Seine Schnauze ruht auf ihrem linken Schuh.
»Erzähl mal«, sagt Mary jetzt, »was war denn da los in Deutschland, in der Villa deiner Großtante?«
Sie sagt es mit einer zärtlichen Ungeduld, die Jean gefällt.
»Ach, ich weiß doch selber nichts Genaues, nur das, was

mir die Haushälterin und dieser Flocke berichtet haben. Aber die hatten, als ich sie vor Ort befragte, nur Mutmaßungen zum tatsächlichen Hergang. Dörte, meine Cousine zweiten Grades, die zu dieser Zeit bei den alten Frauen wohnte, brachte kein vernünftiges Wort heraus. Die war völlig außer sich. Hat nur wirres Zeug geredet. Die Alte – gemeint war meine Großtante Charlotte – hätte sie förmlich aus dem Haus getrieben.

Kurzum: Es gibt keine brauchbaren Informationen. Auch die Artikel der Sensationsreporter, die sich natürlich auf den grausigen Fund in der Villa stürzten, boten nichts als Spekulationen.«

»Dann erzähl eben, wie es gewesen sein könnte. Füll die Lücken. Mach, was du so gut kannst. Mach einen Film daraus. Was ist denn das überhaupt für eine verrückte Geschichte?«

»Eine verrückte Geschichte von verrückten alten Frauen, so würde man das in einem Trailer ankündigen, aber verrückt waren sie wahrscheinlich gar nicht, nur etwas verdreht, und ich weiß auch nicht, ob es wirklich eine Geschichte ist, eher eine Zuspitzung, ja, eine seltsame Zuspitzung, so will ich es sehen. Oder besser noch: eine Folge von Seltsamkeiten an einem einzigen Tag, an einem einzigen Ort. Wie ein absurdes Bühnenstück.

Ich glaube, du musst dir, um das Geschehen zu verstehen, ein Bild von meiner Großtante machen. Eine hochgewachsene strenge Erscheinung. Imposant im Alter, in ihrer Jugend gravitätisch schön, wie man sich in meiner Familie erzählte. Aus reichem Hause kommend, hatte sie von ihrem Mann zusätzlich ein beträchtliches Vermögen geerbt. Sie bewohnte eine große weiße Villa an einem Fluss gelegen. In den letzten Jahren hatte sie drei Freundinnen zu sich geholt, die – wie ich hörte – ein bequemes Leben dort hatten und …«

»Das ist langweilig. Kannst du langsam mal zur Sache kommen?«

»Okay. Alles begann mit einem Ruf.«

I

In der weißen Villa (10 Uhr 03, noch 8 Stunden)

»Unerhört«, rief Johanna, und nochmals: »Unerhört.«
Ihre scharfe Stimme drang in alle Winkel und Fugen der Villa.
(In fünf Schlafzimmer, ein Arbeitszimmer, ein Mädchenzimmer, ein Speisezimmer, in einen großen Salon, eine Bibliothek, ein imposantes Entree, eine Diele, in drei Bäder, eine Besuchertoilette, eine große Küche, eine Speisekammer, über zwei Treppen hinauf und herunter und in einen Abstellraum.)
Sogar auf der besonnten Uferpromenade war das »Unerhört« zu vernehmen. Einige Spaziergänger schauten alarmiert hoch zu den geöffneten Fenstern im ersten Stock. Ein älteres Ehepaar beschleunigte den Schritt.
»Unerhört« und nochmals »Unerhört«.
Und abermals durchfuhr der Doppelklang die Villa.
Man hätte meinen können, dass die vielen dünnbeinigen Tischchen und die Schar der filigranen Figürchen und Väschen bersten müssten unter dem Druck der Schallwellen, die den scharfen Ton zweimalig enggestaffelt vor sich hertrieben.
Erstaunlicherweise nahm keine der anwesenden Bewohnerinnen des Hauses Notiz von dem schneidenden Ruf.

Aber das musste nicht erstaunen, denn die seit Jahren weitgehend bettlägrige Johanna schickte diesen Ruf, der zuweilen wie ein Fluch klang, häufig in die Räume, an manchen Tagen rief sie zehnfach.
Sie rief, wenn sie etwas empörte, etwas, das sie las, etwas, auf das sie im Fernsehen oder im Internet stieß, und sie rief sogar, wenn sie an etwas Unerfreuliches dachte.
Die zweiundachtzigjährige Johanna, eine vergessene Autorin der Belletristik, tat sich keinen Zwang mehr an.
Warum auch.
»Unerhört.«

Vor der weißen Villa (zur selben Zeit)

Auch Flocke hatte diesen Ruf gehört, dieses »Unerhört«, das aus der Villa schrillte, die er kurz darauf betreten würde.
Flocke wunderte sich.
Es war der Tag, an dem Flocke aus dem Wundern nicht mehr herauskam. Flocke war sein Spitzname. Jemand hatte einmal zu jemandem gesagt, dass er eigentlich Florian Kern heiße.
Flocke war ein neunzehnjähriger Schüler.
Bei dieser Kennzeichnung konnte man es eigentlich belassen. Hätte sich jemand eingehend nach ihm erkundigt, wäre das Wesentliche zu seiner Person schnell gesagt.
Er war ein ruhiger Typ, unaufgeregt, geduldig.
Er war gut in der Schule, ohne als Streber zu gelten. Er war in engen Grenzen witzig. Soll heißen: Zuweilen fand

er den Weg zu erborgten Pointen und punktete damit in seiner Clique.
Er fügte sich in die sprachlichen und körperlichen Ausdrucksformen seiner Altersklasse, ohne je in die Extreme zu gehen.
Er wurde gemocht, wenn auch nicht geliebt. Er hatte hundertsiebenundzwanzig Freunde bei Facebook. Er trug die richtigen Hosen und Hemden, ging in die richtigen Lokale, hatte die richtige Frisur, schätzte die richtigen Filme und kannte sich gut aus in angesagter Popmusik und hinreichend in der Cyberwelt.
Man könnte sagen: Er war überdurchschnittlich durchschnittlich …
Im Moment hatte Flocke Zahnweh. Der Schmerz hatte sich in den letzten Tagen angeschlichen. Am Nachmittag hatte Flocke einen Termin beim Zahnarzt.
Das Wort »unerhört« befand sich nicht in seinem aktiven Wortschatz.

Drinnen

Flocke, der Farbarme, sollte im Folgenden keine maßgebliche Rolle spielen, aber es musste doch von ihm die Rede sein, denn er hatte sich in einer Leidenschaftlichkeit, die man ihm nicht zugetraut hätte (mehr oder weniger aus der Ferne), in die scharfe siebzehnjährige Dörte verliebt, in Sexy-Dörte, wie sie in ihrer Clique genannt wurde.
Seine erste und – wie er dachte – seine große Liebe.
Leider bestand der Verdacht, dass die wilde Dörte diese

Gefühle nicht teilte und sich den freundlichen Jungen nur in die Villa bestellt hatte, weil sie in der letzten Zeit allzu aufsässig geworden war und im Zuge etlicher Grenzverletzungen den elterlichen Groll, ja deren blanke Wut, hervorgerufen hatte und jetzt im ungewohnten Milieu der großmütterlichen Villa (einem Prachtbau der Gründerzeit), in der sie sich nach der Vertreibung aus dem Elternhaus wiedergefunden hatte, notwendig einen gleichaltrigen Freund, einen verlässlichen Kumpel, brauchte.
Eine ratlose Göre von ratlosen Erzeugern bei der Vorgängergeneration geparkt.
Auch sie hatte sich eine erste Liebe eingebildet. Der, dem sie gegolten hatte und vielleicht noch immer galt, befand sich jetzt in Untersuchungshaft, angeklagt des wiederholten Diebstahls und der räuberischen Erpressung.
Diese Dörte hatte das Gefährliche gesucht, hatte sich eine Zuständigkeit im Bösen angemaßt (da kam vieles aus Comics und Filmen), hatte sich mit einer höllischen Bestimmung geschmückt, war dann kurz an einen sozialen Abgrund getreten – und hatte sich sogleich sehr geängstigt. Im Grunde war sie nichts mehr als ein dummes kleines Mädchen, allerdings glücklich ausgestattet mit einem Körper, für den manche Frau – wäre dies der handelsübliche Preis dafür – einen Mord erwogen hätte.
(Flocke war, als er Dörtes Anruf am Morgen entgegengenommen hatte, über die unverhoffte Einberufung ebenso verwundert wie entzückt gewesen.)

Bibliothek (10 Uhr 08)

»Hier wohnst du jetzt.« In Flockes Feststellung war viel Frage enthalten. Sein ungläubiger Blick ruhte auf einem goldgerahmten Ölbild, dem Brustporträt eines ernsten Herrn mit einer hochgelockten Frisur und gebauschten Favoris. (Möglicherweise der Ahnherr einer der vier alten Damen, die das Haus bewohnten.) Gehüllt in einen dunklen Gehrock, dessen Brustausschnitt ein gewaltiges weißes Plastron füllte, schaute er drohend aus dem Bild.

Flocke hätte weder die Malweise noch die Bekleidung des Porträtierten und gewiss nicht die Stilmerkmale des ihn umgebenden Mobiliars benennen und historisch zuordnen können.

Er wäre nicht einmal auf die Idee gekommen, dies können zu wollen.

Flocke rutschte unbehaglich auf dem schlanken Polsterstühlchen, auf das ihn Dörte gedrückt hatte, hin und her. Ihm war, als wäre er mit dem Eintritt in die Villa in die Kulissenwelt eines jener Kostümfilme versetzt worden, die sich seine Mutter so gerne auf den Schirm ihres Fernsehers holte.

Allerdings: Dörtes Gesicht, ihre Brüste und Beine waren aggressiv gegenwärtig.

Dörte hatte ihn grußlos an langem Arm in die Wohnung gezogen, ja beinahe gezerrt durch eine geräumige Diele und hinein in einen großen Raum, dessen Wände mit Büchern bedeckt waren. Nur über dem unbelebten Kamin, vor dem sie jetzt saßen, hatte man dem Ölbild des Ahnen einen Platz gegönnt.

Flocke sah verlegen aus dem Fenster, um dem strengen Blick des Herrn aus lange vergangener Zeit zu entgehen und auch der Versuchung, Dörte allzu gierig anzustarren. Diese Blickrichtung konnte er plausibel machen, weil dort auf dem träge dahingleitenden Fluss gerade ein harmlos bewimpeltes Ausflugsboot vorbeifuhr. An Deck hopste und grölte eine ruppige Schar. Eine junge Frau hing über der Reling und übergab sich in den Fluss.

Bibliothek (gleich darauf)

Offensichtlich hatte auch Johanna die Ausflugsgrölerei wahrgenommen.
»Unerhört.«
Flocke schreckte auf. »Hilfe. Wer schlägt da ständig Alarm?«
Dörte machte eine wegwerfende Handbewegung.
»Das is die olle Johanna, die röhrt da immer wie ne Furie rum. Ich hör das schon gar nich mehr. Is aber harmlos, mächtig angeschlagen die Alte, ich glaub, die modert nur noch vor sich hin. Ich weiß nich mal, wie die aussieht. Die Woche, die ich hier bin, is se nie aus ihrer Klause rausgekrabbelt. Vergiss es.«
Sie ließ sich auf ein zierliches Kanapee fallen, das unter dem schwunghaften Aufprall unwillig knarrte.
»Supernett, dass du vorbeigekommen bist.«
»Wo bin ich hier eigentlich?«
»Bei meiner Großmutter Charlotte.«
»Und deine Eltern?«

»Die Erzeugerfraktion will vorerst nix mehr von mir. Ham mich rausgeschmissen und hier abgeladen bei der Oma im Museum.«

»Gab's Stress?«

»Kannste so sagen. Ich war kurz mal out of space. Kam ziemlich dick in der letzten Zeit, also, dass die mich geschnappt ham in dem Media-Store, wo ich den scheiß MP3-Player eingetütet hab. Auf den ich nich mal scharf war. War mehr son Sport. Also erst der Auftritt der Bullen, dann die Sache mit dem Schnee und der Schulverweis und dass se Freddie eingeknastet ham, na ja, hat sich alles irgendwie geballt, da sind die ausgerastet, aber voll, ham endlos rumgezofft, mit mir wärn se fertig, se hätten jetzt auch keine Idee mehr, so ne Kriminelle wie mich, das bräuchtn se ja gar nich, ham mir ne Asi-Zukunft ausgemalt – und na ja, jetzt bin ich eben hier, in der madigen Geronten-WG bei meiner Großmutter und ihren gruftigen Freundinnen, den drei Alten, die se in ihre feudale Bude gelockt hat. Die ham sich hier zusammengerottet, weil denen die Männer abhandengekommen sind …

Hab ich eben ›abhanden‹ gesagt?«

»Ja, hast du.«

»Siehste, färbt schon ab, das gruftige Biotop hier. Da muss ich echt aufpassen, ich werd hier auch sicher nich schimmeln, aber erst mal …«

»Und wie ist es hier so?«

»Lalilu.«

»Ne, sag doch mal richtig.«

»Öde, nee, crank isses.«

»Wieso crank?«

»Na, da kommste nich drauf, was hier so abgeht. Aktuell,

zum Beispiel, sind se scharf drauf, hundert Gründe zu finden, warum es gut is, möglichst bald abzukratzen.«
»Ich find's witzig.«
»Du musst hier ja auch nicht sein.«

Johannas Zimmer im 1. Stock (währenddessen)

Charlotte betrat, nachdem ihr Klopfen ungehört geblieben war, leise das Zimmer von Johanna, die hochgebockt, mit drei prallen Kissen im Rücken und angezogenen Knien auf ihrem Bett mehr saß als lag. Sie hatte Kopfhörer auf den Ohren, ein MacBook Air auf dem Schoß und tippte hektisch in dessen Tastatur, wobei sie kleine Schnauflaute ausstieß, die das Geschriebene orchestrierten und Erregungsgrade anzeigten.
Charlotte beugte sich zu ihr hinunter, berührte sanft ihre Schulter und sagte sehr laut:
»Hörst du mich? Kannst du mich hören?«
Johanna nahm den Kopfhörer herunter.
»Ja, ich kann dich hören. Brüll hier nicht so rum.«
»Das musst *du* gerade sagen. Was tust du da. Schreibst du an deinem Roman?«
»Nein, ich blogge, das ist …«
»Ich weiß, was das ist. Warum tust du das?«
»Damit ich bin. Damit ich war. Damit ich sein werde. Ich bin nur, wenn man mich wahrnehmen kann, und angemessen wahrnehmen kann man mich nur, wenn ich in meiner Selbstbeschreibung wahrgenommen werde, dann kann ich mich selbst auch wieder wahrnehmen. Verstehst du das?«

»Nein.«
»Dort, im Netz, werde ich noch sein, wenn ich hier nicht mehr bin.«
»Und was hast du davon, du wirst es ja dann nicht mehr wissen können.«
»Wer weiß. Ich lege Spuren in jede Richtung. Es gibt mich sogar mehrfach. Eine interessante Erfahrung. Nur zur Information: Ich heiße gerade Eduard, bin zweiundfünfzig Jahre alt, bin Graphiker und sehr sportlich. Im Moment kommuniziere ich mit ...«
»Ach, und hier und jetzt bei mir, bei uns, da bist du nicht?«
»Hier am allerwenigsten. Hier, das ist für mich schon die Vorform meines Sarges.«
»Vielleicht solltest du die Alternative bedenken: das Pflegeheim, in das dich dein dubioser Neffe hat abschieben wollen ...«
»Ach, ist jetzt Dankbarkeit gefordert?«
»Nein. Aber du könntest die Ruferei irgendwann einstellen oder wenigstens reduzieren.«
»Nein. Ich möchte lieber nicht. Wer ist da gekommen?«
»Ein Freund von Dörte.«
»Der Knacki?«
»Nein, ein harmloser Junge.«

Bibliothek (10 Uhr 16)

Der harmlose Junge wollte mehr noch wissen über die neuen Lebensbedingungen der vergötterten Dörte.
»Und wie setzt sich die Geronten-WG zusammen?«

»Okay, das Setting: Da is in Front meine Großmutter Charlotte, der gehört die Villa, die hat die Knete und das Sagen. Die isn Wissenschaftsfreak und beinhart drauf. War mal Prof für Paläontologie an der Uni. Wenn die dich anschaut, denkste, du wärst ne Urzeitqualle unterm Mikroskop. Um die herum schwirren drei alte Nebelkrähen, eine greller als die andere. Krähe number one: Johanna, das is die, die da immer rumkrakeelt, die haste ja schon gehört, die war mal ne Schriftstellerin. Aber nach der kräht aktuell kein Hahn mehr. Krähe number two: Charlottes eingetrocknete Busenfreundin Leonie, die murmelt oder summt dauernd vor sich hin, ich glaub, die war mal Lehrerin. Und dann is da noch Krähe number three: Nadine, son Hautständer, die hatte in der Steinzeit mal nen Job in der Modebranche und behängt sich immer mit mächtig abgedrehten Klamotten. Die zwitschert, redet wie son Vögelchen … Mann, das sind Geräusche hier, der totale Ohrenkrebs, wusste ich auch vorher nich, dass die Kompostis immerzu son freakigen Sound erzeugen, ständig Lärm machen, übelst.«
In diesem Moment betrat Charlotte die Bibliothek.
»Willst du mir deinen jungen Freund nicht vorstellen?«
»Das ist Flocke«, sagte Dörte.

Drinnen

Dörtes Beschreibung ihrer Mitbewohnerinnen war erwartungsgemäß sehr schlicht. Nicht nur, weil sie erst seit einer knappen Woche in der Villa lebte, sondern auch, weil sie sich – um es mit ihren Worten zu sagen – einen Scheiß für

die alten Damen interessierte. Nur mit ihrer Großmutter hatte sie immer mal wieder Zeit verbracht. Erstaunlich: Sie hatte klaglos und willig Anordnungen entgegengenommen, die sie, wären sie von ihren Eltern ergangen, auf die Barrikaden getrieben hätten.
»Frühstück: neun Uhr, Mittagessen: dreizehn Uhr, Abendessen: neunzehn Uhr. Bitte halte diese Zeiten ein. Du musst die Mahlzeiten nicht gemeinsam mit uns einnehmen, wenn du nicht willst. Bitte erzeuge nicht allzu viel Lärm. Johannas Ruferei genügt mir. Ich habe dich im Kleist-Gymnasium angemeldet, ich bin mit dem Direktor befreundet, und erwarte von dir, dass du regelmäßig hingehst und lernst. Ich musste deinen Eltern versprechen, dass ich dir vorerst den nächtlichen Ausgang verweigere, sie hätten dir ansonsten den Aufenthalt hier verwehrt, du kannst aber tagsüber zivilisierte Freunde herbitten. Ist das so weit klar?«
»Alles roger.«

Johannas Zimmer (wenig später)

Leonie murmelte, dabei ahmte sie Johanna nach: »Unerhört. Ja, schrei nur dein ödes Unerhört in die Welt.«
Sie erschien jetzt im Türrahmen von Johannas Zimmer und sagte in moderater Lautstärke:
»Was heißt hier unerhört? Manch einer würde sich wünschen, noch so gehört zu werden. Du hörst doch: Ich bin hier und kann dich hören, aber ich will dieses ewige ›Unerhört‹ nicht mehr hören …«

Johanna nahm die Kopfhörer herunter.
»Das habe ich gehört.«
»Das solltest du auch hören. Wie geht es dir?«
»Ich spüre meine Füße nicht mehr, aber sie tun mir weh. Kannst du dir das vorstellen?«
»Nein.«
»Siehst du.«
»Was sehe ich?«
»Du bist nicht wie ich.«
»Das will ich doch schwer hoffen.«
Johanna wurde pathetisch:
»Ich könnte auch sagen: Ich bin nicht mehr von dieser Welt, oder ich bin inzwischen schon aus einem anderen Stoff …«
»Weißt du, was ich nicht leiden kann?«
»Du wirst es sicher gleich sagen.«
»Leute, die nicht nur dauernd über ihre Leiden klagen, sondern sie auch noch mystifizieren. Lass dir von deinem Neurologen erklären, was da bei dir kaputt ist.«
»Es ist schön, sich von Menschen umgeben zu wissen, die sich einfühlen können.«

Bibliothek (kurz darauf)

Flocke saß weiterhin verkrampft auf seinem Stühlchen. Hin und wieder, ohne dass es ihm bewusst war, legte er seine Hand an die schmerzende Backe.
Als Charlotte leise hereingekommen war und er sie erst wahrgenommen hatte, als sie steil aufragend neben seinem

Stuhl stand, war er erschrocken hochgefedert und hätte sich gern mit seinem vollständigen Namen vorgestellt, aber da hatte ihn Dörte schon als »Flocke« angesagt, und Charlotte hatte fest seine Hand gedrückt und hatte »Willkommen« gesagt und »Ich bin Dörtes Großmutter«. Dann hatte sie sich schnell abgewandt und eine kurze Zeit suchend vor einer Bücherwand gestanden.

Jetzt, da sie gefunden hatte, wonach sie suchte, nickte sie ihm noch einmal kurz zu und verließ den Raum, ein dickes Buch in der Hand.

Flocke setzte sich wieder.

Das folgende Gespräch mit Dörte über neue Bands, die man nur ätzend finden konnte, war häufig ins Stocken geraten. Sie gab sich unbefangen, war es jedoch nicht und steigerte sich daher mehr und mehr in ihre sonderbaren Lautgebungen.

Er aber hatte sich etwas beruhigt und tastete sich zu den Fragen vor, die ihm auf der Seele brannten.

»Siehst du Freddie noch?«

»Wie denn? Der is doch im Knast. Außerdem: Der is Geschichte. Forget him. Lösch-Taste. Verstehste? Ich starte noch mal durch. Ich erfinde mich jetzt ganz neu. Vergiss die Dörte, die du kennst, vergiss die alte Dörte. Am Sonntag war ich sogar in der Messe im Dom. War son Spaß. Wollte das nur mal austesten. Ist ja gleich nebenan, die Betbude. Du glaubst nich, was da abgeht. Die Katholen wissen echt, wo's langgeht. Da is ein Megaspirit. Ultracool.«

Flocke wunderte sich.

Drinnen

Der sogenannte Salon war der größte Raum in der Villa. Er wurde von den regellos herumschwirrenden Bewohnerinnen gemeinsam genutzt. Ein elegantes Wohnzimmer in den Ausmaßen eines Tanzsaals. Vier große Flügelfenster gaben den Blick auf die Uferpromenade und den Fluss frei. Die kostbaren antiken Teppiche, die einst den Boden bedeckt hatten, waren entfernt worden, da Charlotte in ihnen gefährliche Stolperfallen gesehen hatte. Alte Menschen, Bewohner wie Besucher (möglicherweise frisch versorgt mit künstlichen Hüften und Knien, am Stock oder, im Fall schlimmerer Gebrechen, im Rollstuhl), sollten sich auf dem prunkvollen Tafelparkett hindernisfrei bewegen können. In einer Ecke stand ein Blüthner-Flügel, auf dem Charlotte gelegentlich spielte. (An diesem besonderen Tag würde sie das sicher nicht tun.) An der gegenüberliegenden Seite hob sich ein großer Flachbildfernseher fremd von antikem Mobiliar ab. Drei Sitzgruppen luden zur Geselligkeit ein.

Hier fanden sich die alten Frauen hin und wieder, ohne Verabredung. Jedenfalls drei von ihnen, denn Johanna hatte in letzter Zeit kaum je ihr Zimmer verlassen. Und Sexy-Dörte fühlte sich in diesem Raum mit den komischen Möbeln nicht wohl, schon gar nicht in Gegenwart der alten Frauen, die sich in ihrer veralteten Sprache über veraltete Sachen unterhielten. Sie spürte sehr wohl, dass sie in diesem Raum bestenfalls das Objekt amüsierter, meistenteils jedoch angewiderter Betrachtungen war.

Die Villa war Charlottes Elternhaus. Dessen großzügige

Ausmaße und sein Komfort milderten ihre stilistischen Bedenken gegen den historistischen Zuckerbäckerstil. Ihre Urgroßeltern hatten es im ausgehenden neunzehnten Jahrhundert erbaut. Sie, Jahrgang 1929, war in Bezeichnungen wie »Salon« noch hineingewachsen. Aufmerksame Beobachter hätten aber bemerken können, dass sie dieses Wort verfallsbewusst nicht ohne Ironie aussprach.

Salon (10 Uhr 33)

Hier machte sich Nadine, die sich in ihrem Drang zu Höherem immer freute, von »unserem Salon« sprechen zu können, an einem Blumenstrauß zu schaffen. Leonie, die inzwischen im Parterre angekommen war, betrachtete sie mit einer Mischung aus Belustigung und Skepsis.

»Das Gezupfe macht mich nervös. Jetzt arrangierst du schon zum dritten Mal diesen armseligen Strauß, obwohl es da gar nichts zu arrangieren gibt, an diesen paar kahlen Stengeln mit den müden Blüten, die herunterhängen wie kranke Tintenfische. Lass um Gottes willen die armen Blumen in Ruhe.«

Nadine ignorierte sie. Demonstrativ wandte sie ihr den Rücken zu. Leonie, die eine Reaktion wollte, versuchte es mit einer Frage, die aggressiver ausfiel als beabsichtigt.

»Bist du nicht ein bisschen zu alt für Farbe und Form dessen, was du da am Leibe hast?«

Dörte hätte gesagt, dass Nadine jetzt schon mächtig angefressen war.

»Nur weil ich etwas älter bin, muss ich ja nicht in Sack und

Asche gehen. Die langweiligen Klamotten überlasse ich euch, schlimm genug, sich das den ganzen Tag ansehen zu müssen. Meine liebe Leonie, du hast keinerlei Zuständigkeiten in Sachen Mode.«

Da Leonie ›in Sachen Mode‹ tatsächlich keinerlei Ehrgeiz hatte und sich mit einer gepflegten Alterserscheinung begnügte, überging sie diese Spitze.

»Für wen hast du dich denn so aufgerüscht?«

»Wir erwarten Herrenbesuch, und ich sehe gerne ordentlich aus zu solchen Anlässen. Charlotte hat mir diesen Besuch heute erst angekündigt, und wir haben nichts im Hause, das wir anbieten könnten.«

»Tee und Kaffee und ein paar Biskuits werden schon da sein. Das kann genügen. Wer wird denn erwartet?«

»Dr. Theodor von Rungholt.«

»Ach du liebe Güte. Dafür die Aufregung. Das ist doch Charlottes Finanzguru, was hast *du* denn mit dem zu tun?«

»Ich finde ihn sehr charmant. Und bei seinem letzten Besuch hat er, nach seiner Besprechung mit Charlotte, noch Zeit gefunden, mit mir bei einem Tässchen Tee ein wenig zu plaudern.«

»Na, ich weiß ja nicht. Er mag ja ein Finanzgenie sein, aber mein Fall ist er nicht. Diese müden Komplimente, dieses abgestandene Getue, dieses aufdringliche Herrenparfüm …«

»Ich glaube, von Männern verstehst du noch weniger als von Mode.«

Jetzt wurde auch die vergleichsweise gutartige Leonie etwas spitz.

»Ach, ich vergaß, du bist ja die große Männerspezialistin. Wer wurde denn da von mindestens drei Ehemännern im

Stich gelassen und vom letzten Liebhaber obendrein noch finanziell ruiniert?«
Nadine war nicht schlagfertig, sie beließ es bei einer beleidigten Miene, zupfte an ihrer mauvefarbenen Seidenbluse, fuhr sich mit einer Handbewegung durchs rostrot gefärbte Haar (eine Bewegung, die möglicherweise einmal geeignet gewesen war, eine Mähne zu bändigen, die jetzt aber dem etwas schütternen Zustand des Bewuchses nicht mehr sehr angemessen war) und wandte sich zum Gehen. In der Tür verkündete sie noch, dass irgendjemand in diesem Hause Niveau und Stil sichern müsse und dass sie deshalb umgehend zu einer renommierten Konditorei eilen und dort Spezialitäten erstehen wolle, die den hohen Gast erfreuen könnten.

Drinnen

Ja, so waren die Tage in der letzten Zeit dahingegangen. Johanna schrie ihr »Unerhört« in die Welt; Leonie murmelte oder summte; Nadine drapierte ihre Frisur, ihre Kleidung, Zierkissen und gelegentlich auch Blumensträuße; Charlotte hielt den Laden zusammen.
Letzte Woche waren Charlotte und Leonie in die Oper gegangen, man gab die Traviata, aber die hatten sie 1961 in Wien und 1974 in Hamburg und 1982 in Salzburg schon besser gesehen. Anschließend waren sie in ein Restaurant gegangen, ein Traditionshaus, das sie schätzten. Charlotte, die nach dem Essen gerne eine Zigarette rauchte, hatte sich, wie schon oft in letzter Zeit, über das Rauchverbot, das für

sie einen Zivilisationsbruch markierte, geärgert. Und es hatte sie zudem geärgert, dass auf der Speisekarte hinter der Benennung einiger Gerichte fettgedruckt »Biofleisch« vermerkt worden war. »Man sollte doch annehmen, dass man zu diesen Preisen und in einem so renommierten Betrieb in jedem Fall das bestmögliche Fleisch serviert bekommt«, hatte Charlotte gesagt und diesen Biovermerk als ordinär charakterisiert. Sie hatten beschlossen, dieses Restaurant nicht mehr aufzusuchen. Ein weiterer Grund, das Haus nicht mehr zu verlassen.

Vor zwei Tagen hatte Nadine eine alte Freundin besucht. Sie war jedoch nicht lange geblieben, nicht nur weil die Besuchte, obgleich nahezu taub, das Hörgerät verweigerte, so dass Nadine zwei Stunden durchschreien musste (man schreit nicht gerne die Frage: »... und bist du jetzt inkontinent oder nicht?«), sondern auch, weil die Freundin ihrerseits die beiden Stunden durchgejammert hatte, obwohl ihr Altersschicksal so schwer nicht war.

Es musste aber auch gesagt werden, dass Nadines Mitgefühl schnell an seine Grenzen stieß.

Dörte hatte sich in kürzester Zeit eine Gläubigkeit eingeredet, hatte aber noch kaum eine Vorstellung, wie dieses neue Wollen all ihre Lebenssphären durchdringend auszugestalten sei.

Salon (kurz darauf)

Leonie, die sich nach Nadines Abgang einem Artikel im Feuilleton der Zeitung zugewandt hatte, legte das Blatt bald schon wieder zur Seite. Das Kurzporträt eines Literaten, der ein keusches medienabstinentes Einzelgängertum ausstellte, ließ sie an Johanna denken. Wer war diese Johanna eigentlich, diese Eremitin, mit der sie jetzt schon vier Jahre zusammenwohnte? Was ging in der vor? Wie befand sie sich den ganzen Tag da in ihrer verqualmten Bude? Wie krank war sie? Was konnte sie noch, was nicht? Sie las, hörte Musik, sah Filme auf DVD, war auch digital gut unterwegs und schrieb, was auch immer, für wen auch immer. Wenn man es recht bedachte: So elend war deren Leben auch wieder nicht.

Andererseits erinnerte sich Leonie, wie Johanna einmal ihr derzeitiges Befinden beschrieben hatte. Nein, eine Beschreibung war das nicht gewesen, eine kurze, seltsame, ja abgründige Äußerung. Ein oder zwei Sätze nur. Wenige Worte. Die waren schlicht, geradezu kahl. Die waren sogar ihr, der traurigen Leonie, durch Mark und Bein gegangen. Es war ihr ganz kalt geworden. Diese Worte selbst jedoch hatte sie schlankweg vergessen. Das Gespräch, so viel wusste sie noch, hatte in der Bibliothek stattgefunden. Ja, das wusste sie ganz genau. Sie sah das Bild vor sich, wie sie da gestanden hatten vor den Büchern. Johanna hatte eine blau-rot karierte Flanellbluse getragen, die bis zur Hälfte ihrer Oberschenkel gereicht hatte. Sie hatten sich zufällig getroffen …

Was, um Himmels willen, hatte Johanna gesagt? Es fiel ihr nicht mehr ein. Aber das war doch absurd! Oh, diese erbärmliche und eigenwillige Regie des Gedächtnisses! Wie war es möglich, dass sie sich so genau an ihre Erschütterung erinnern konnte, nicht jedoch an die Worte, die sie erschüttert hatten?

Lohnten sich die Überlegungen überhaupt? Was konnte diese halbirre Ruferin schon gesagt haben?
Ob Johanna sich mit dieser elenden Ruferei irgendwie entlastete? Musste man darin vielleicht eine verkürzte Schöpfungsanklage sehen?
In der letzten Zeit hatte Leonie immer häufiger über ihre Mitbewohnerin nachgedacht.

Draußen

Jetzt aber war sie vorübergehend abgelenkt. Sie sah aus dem Fenster. Ihr Blick war gefangen von einem herrenlosen Hund. Sie hatte ihn schon drei- oder viermal auf der Promenade gesehen.
Ein sehr altes Tier. Ein gewaltiges Tier. Ein mächtiger Körper, ein mächtiger Schädel. Vermutlich eine Mischung aus Dogge und Pitbull, aber sie kannte sich da nicht so gut aus mit den Rassen. Die Spaziergänger wichen ihm weiträumig aus. Das Tier ignorierte sie. Es ging schleppend. Die Überwindung eines kleinen Hindernisses machte ihm sichtlich Mühe. Vermutlich Arthrose.
Sein dreieckiger Schädel mit den schräggestellten Augen war weiß, bis auf kleine schwarze Partien an den Ohren. Irgendetwas ließ das Tier den schweren Kopf heben, und es schien, als sähe es mit leicht geöffnetem Maul zu ihr herüber, als habe es ihre Witterung aufgenommen. Sie konnte seinen schwarzen Nasenspiegel und die blutroten Innenränder seiner Lefzen erkennen.
Das Tier sieht gar nicht aus wie ein Hund, dachte Leonie.

Es sieht aus wie ein unbekanntes Wesen aus lange vergangener Zeit. Urweltlich. Eine Gattungsüberschreitung. Dieses Tier hat Würde, dachte sie.
Das Tier rührte sie, und für einen kurzen Moment fühlte sie sich ihm innig verbunden.
Seltsam.

Salon (kurz darauf)

Warum dachte Leonie so oft über Johanna nach? Die Antwort war schnell gefunden.
Leonie vermutete, ja fürchtete eine Art Verwandtschaft. Würde auch sie sich mehr und mehr in Johannas Richtung entwickeln?
Manchmal schien ihr diese abgeschottete Lebensweise – nur unterbrochen durch die eruptive Ruferei – attraktiv.
Leonie rief zwar nicht, aber sie murmelte. War dieses Gemurmel vielleicht nur eine Vorform von Johannas Rufen?
Leonie murmelte auch jetzt und dachte zugleich darüber nach:
Was war das, was sie da immer murmelte? Waren es ganze Wörter, waren es klare Bilder oder nur noch die schon fernen Klänge lange vergangener Tage? Tonlagen der Verflüchtigung?
Leonie summte oder murmelte in sich hinein. Das hatte sie sich angewöhnt in den Jahren ihrer gewollten Einsamkeit. Einsam und abgeschieden war sie seit dem frühen Tod ihres Mannes und der beiden Kinder immer leiser geworden, war fast verstummt. Nur im Murmeln und

Summen war sie in einer verdunkelten Wohnung für sich und andere noch wahrnehmbar gewesen. So war das gewesen, bevor Charlotte sie, ihre Widerstandsunfähigkeit ausnutzend, mit liebendem Zwang in die Villa geholt hatte.

Jetzt war sie nicht mehr alleine, sie war hier bei der verwitweten Charlotte, bei der gleichfalls verwitweten Johanna und der schnöde durch eine Jüngere ausgetauschten Nadine.

Aber Leonie murmelte weiterhin in sich hinein, gab Denklaute und Fühllaute von sich.

Ein Nachhall? Sprach sie schon in eine Erinnerung hinein? Sprach sie zu denen, die es hier nicht mehr gab?

Leonie war traurig, tief traurig, und ihre Stimmung hellte sich auch nicht auf, als Charlotte in den Salon kam.

»Zu wem sprichst du?«, fragte Charlotte, die sehr wohl wusste, dass es sich um gemurmelte Selbstgespräche handelte.

»Zu mir, zu dir, zu ihm, zu ihr. Gleichviel. Es hat ohnehin keine Wirkung mehr.«

»Warum?«

»Zu wenig Hall.«

»Soll heißen?«

»Kein Raum, keine Akustik. Kein Echo. Es strahlt nichts mehr in eine weite Zukunft. Eine Zukunft, die diese Bezeichnung verdiente. Die Wahrscheinlichkeit, dass du bald schon tot sein wirst, nimmt jede Wucht aus dem, was du zu sagen hast. Das ist wie eine fundamentale Widerlegung.«

»Nimm dich zusammen: Disziplin, Haltung, Contenance. Nenn es, wie du willst.«

»Wozu noch?«

»Für dich, für mich.«
»Damit ich mein Menetekel nicht mit der eigenen Kacke an die Wand schmiere? Ich kannte eine, die das im Alter tat.«
»Na, vielen Dank. Möchtest du das gerne tun?«
»Nicht einmal die Vorstellung gestatte ich mir.«
»Das beruhigt mich. Hoffentlich kommt Johanna nicht irgendwann auf diese Idee. Aber die Gefahr ist nicht so groß, sie hinterlässt ihre Botschaften jetzt im weltweiten Netz, in das sie sich schon zu zwei Dritteln ihrer Existenz versenkt hat.«
»Aber ihr ›Unerhört‹ schmettert sie noch in die analoge Welt. Ich finde das ermüdend.«
Charlotte wechselte die Tonart.
»Ja, ich finde das auch ermüdend. Aber wahrscheinlich sind wir alle hier in der Villa auf diese oder jene Weise ermüdend. Erstarrt in unseren Schrullen. Meine liebe Leonie, es hilft ja nichts, du musst dich abfinden. Wie wir alle. Du bist alt. Deshalb bist du immer in der Vorläufigkeit. Vorläufig bist du noch nicht tot. Du bist Mahnung oder Hoffnung. Bist du hinfällig, kommt ein Entsetzen ins Spiel, du bist Vorbote einer todsicheren Zukunft. Eine Todsicherheit, die für alle gilt. Du läufst Reklame für den Tod. Bist du topfit und am besten noch ein bisschen witzig, dann löst du Erleichterungen aus. Sieh nur, das Alter ist ja gar nicht so schlimm, es geht ja noch vieles und noch lange. Das Entsetzen ist berechtigt wie auch die Erleichterung – sie haben jeweils ein trauriges oder ulkiges Recht. Eine Frage der Blickrichtung. Johanna geht vorübergehend einen andern Weg. Sie schafft sich noch einmal eine satte zeitenthobene Gegenwart in der Cyberwelt. Nur Hunger,

Durst, Bauchweh und Geldnot können sie gelegentlich noch zurück in unsere analogen Sphären treiben. Aber das ist auch nur eine Variante einer mehr oder weniger unterhaltsamen Flucht.«
»Du kannst einen wirklich aufheitern«, sagte Leonie.

Drinnen

Warum hatte Sexy-Dörte den braven zahngeplagten Jungen in die Bibliothek geführt und nicht in das kleine Zimmer im ersten Stock, das man ihr vorübergehend zugedacht hatte? Da gab es gleich zwei Gründe. Sie wollte den verliebten Jungen nicht in die Nähe ihres Bettes bringen. Er hätte ja auf naheliegende Gedanken kommen können. Dörte hatte undeutlich wahrgenommen, dass er in sie verliebt war, weshalb er ihr jetzt brauchbar erschien für allerlei Dienstbarkeiten. Sie hatte sich in der Vergangenheit nicht für ihn interessiert. (Sie interessierte sich überhaupt nicht sonderlich für andere.) Deshalb hatte sie weder die Leidenschaftlichkeit seiner unzeitgemäßen Anbetung richtig eingeschätzt noch das Ausmaß seiner gleichermaßen unzeitgemäßen Schüchternheit. (Eine Göttin legt man nicht so einfach flach.)
Der andere Grund: Sie fürchtete, sich lächerlich zu machen. Das Zimmer befand sich im Zustand einer bizarren Unentschiedenheit. Sie hatte bei ihrem Einzug sogleich – kurz nachdem ihre Großmutter Charlotte sie in das Zimmer geführt hatte – allerlei vorgefundenes Mobiliar – drei Gemälde, einen großen Spiegel, eine Konsole und ein Bei-

stelltischchen – in die Abstellkammer geschleppt. Daran war bei einer massiven Louis-Seize-Kommode und einem großen Biedermeierschrank allerdings nicht zu denken, und sie hatte die in ihren Augen scheußlichen Kästen schließlich doch für die Unterbringung von Kleidung und Wäsche in Gebrauch nehmen müssen. Über eine große Standuhr (die auch in jeder Hinsicht etwas über ihre Kraft ging) hatte sie ein schwarzes Tuch geworfen, so dass man den Eindruck haben musste, es stünde eine riesige schwarze Gestalt in der Ecke. Das gefiel ihr. An die eine jetzt kahle Wand (man erkannte noch die Umrisse der verschmähten Gemälde) hatte sie das große Poster einer Heavy-Metall-Band getackert, und die gegenüberliegende war seit drei Tagen beherrscht von einem großen Kruzifix. Darunter befand sich ein Beistelltisch, auf den die frisch erweckte Dörte etliche Votivbildchen platziert hatte. Die Ausstattungsstücke für ihre junge Frömmigkeit hatte sie auf einem Flohmarkt erstanden, fühlte sich ihnen jedoch mental noch nicht ganz gewachsen. Auf die Louis-Seize-Kommode hatte sie ihr kleines TV-Gerät und ihren DVD-Player gestellt.

Als Charlotte am Vortag ihr Zimmer betreten hatte (nicht ohne anzuklopfen und um Einlass zu bitten), war Dörte der Anflug einer Belustigung auf dem Gesicht ihrer Großmutter nicht entgangen. Charlotte hatte jedoch die seltsame Dekoration mit keinem Wort kommentiert.

Bibliothek (11 Uhr 00)

Dörte und Flocke unterhielten sich über einzelne Figuren aus ihrer alten Clique, die Dörte im Verlauf ihrer demikriminellen Eskapaden aus dem Auge verloren hatte.

»Lena geht neuerdings mit Moritz.«

»Da ham sich ja zwei Loser gefunden.«

»Fritz hat sich die Haare blondiert.«

»Der Schwachmat.«

»Und Anton ist jetzt bei diesen Occupy-Leuten.«

»Son Lowbrainer«, sagte Dörte.

Dass Anton ein Lowbrainer sei, fand Flocke zwar nicht, er nickte aber vorsichtshalber.

(Es war ihm nicht wohl in seiner Haut, schließlich war Anton sein Freund. Wenn alles gut liefe, sollte man später vielleicht mal korrigierend über Anton sprechen. Aber hier und jetzt durfte man nichts riskieren.)

»Und die anderen?«, fragte Dörte

»Die sind im Moment alle verreist. Es sind Sommerferien. Wirst du ja irgendwie mitgekriegt haben.«

»Und wieso schmorste nich auch unter ner Palme?«

»Keine Lust. Mache mir nichts aus Palmen und Meer und dem ganzen Scheiß. Meine Alten haben mir die Kanaren erspart. Ich durfte hierbleiben.«

»Dann haste ja jetzt Zeit die Menge. Was machste so?«

(Nun konnte er ja schlecht sagen, dass er die meiste Zeit an sie dachte.)

»Na, was man eben so macht: streamen, posten, twittern, simsen, skypen, shoppen, chillen, manchmal Kino, selten Club.«

»Wir könn ja mal zusammen abhängen, Kino oder so.«

»Ja, aber hallo, klar, super, alles, was du willst. Heißt das, dass du hier raus darfst?«

»Tagsüber ja, nachts nich. Das war der Deal. Wenn ich da nich mitgemacht hätt, hätten meine Alten mich in son knastmäßiges Internat gesteckt. Hatt ich keinen Bock drauf.«

II

Küche (zur selben Zeit)

Janina hatte es eilig.
Sie wollte so früh wie möglich nach Hause gehen. Ihre Mutter würde um 19 Uhr 53 auf dem Hauptbahnhof eintreffen.
Janina räumte das Frühstücksgeschirr in die Spülmaschine. Die Damen hatten sich viel Zeit mit dem Frühstück gelassen. Auch die Junge. Die am meisten. Und immer ließ die das Tablett mit dem schmutzigen Geschirr einfach in ihrem gruseligen Zimmer stehen. Gerade hatte sie das wieder holen müssen. Dabei hatte die Chefin (so nannte sie Charlotte bei sich) ihr doch schon mehrfach gesagt, dass das nicht ihre Aufgabe sei. Dass die Junge das selber zurücktragen müsse, wenn sie die Mahlzeit nicht gemeinsam mit den anderen einnahm (was sie nie tat). Aber Janina brachte es nicht über sich, das schmutzige Geschirr dort einfach stehenzulassen. Janina war ordnungsbewusst.
Janina hatte es heute eilig.
Ausgerechnet heute, so schien es ihr, ohne dass sie eindeutige Anzeichen hätte nennen können, ausgerechnet heute lag eine seltsame Stimmung über dem Haus.
Janina war beunruhigt.
Als sie das vollgekrümelte Tablett mit dem Geschirr der

Jungen über den Gang des ersten Stocks getragen hatte, war ihr aufgefallen, dass die Verrückte (so nannte Janina Johanna bei sich) ihre Zimmertüre geschlossen hatte. Das hatte die noch nie getan. Immer war die Tür weit geöffnet gewesen sowie (wenn das Wetter es zuließ) auch die beiden Fenster zum Fluss, vermutlich damit jedermann auf der Promenade ihren komischen Ruf hören sollte. Und das Frühstückstablett hatte heute auf dem Boden vor der Tür gelegen. Das hatte die in den vergangenen Jahren immer auf der dort geparkten Gehhilfe abgestellt. Und heute? – Weit und breit keine Gehhilfe! Sie beschwichtigte sich: Das war doch kein Grund zur Beunruhigung. Aber warum hatte die Kokette (so nannte Janina Nadine bei sich) sich heute so besonders fein gemacht? Die war ja immer etwas affig angezogen, fand Janina, das ganze Gerüsche, aber na ja, jeder nach seinem Geschmack. Das ging sie schließlich alles gar nichts an. Und das mit der unguten Stimmung bildete sie sich sicher nur ein.

Hauptsache, sie würde die Villa frühzeitig verlassen können.

Salon (währenddessen)

Als die Tür aufschwang und Johanna auf ihre Gehhilfe gestützt in den Salon schlurfte, hätte Leonie gerne gesagt: »Dass *du* mal wieder hier auftauchst, das ist ja unerhört.« Aber das sagte sie nicht, sie sagte: »Schön, dich mal wieder hier zu sehen.«

Johanna murmelte etwas in sich hinein, was »gleichfalls«

heißen mochte, sank in einen mit grünem Seidenmoiré bezogenen Sessel (Nadine hätte von einer Bergère gesprochen) und steckte sich eine Zigarette an.
»Wie geht es dir?«, fragte Leonie.
»Frag nicht.«
»Schreibst du noch an deinem Roman?«
»Nein. Der ist seit drei Jahren fertig. Es fehlt nur der letzte Satz, und der wird ein Zitat sein.«
»Und warum schließt du die Arbeit nicht ab?«
»Solange ich ein großes Vorhaben nicht fertigstelle, kann ich nicht sterben.«
»Du kannst doch gleich den nächsten Roman in Angriff nehmen.«
»Der Teufel fährt in die Lücke.«
(Leonie hatte keine Lust, sich zu überlegen, ob sie diese Äußerungen ernst nehmen musste.)
»Es ist gut, wenn man so genau im Voraus schon weiß, was, wann und warum geschehen wird. Gratuliere.«
(Darauf einzugehen war unter Johannas Würde. Aber sie bequemte sich zu einer höflichen Rückfrage.)
»Und wie geht es *dir*?«
»Ich bin todmüde und hochgradig nervös zu gleicher Zeit«, sagte Leonie. »In meiner Jugend hätten sich diese Zustände nicht miteinander vertragen.«
Johanna nickte, als sei auch ihr dieser paradoxe Zustand nicht fremd.
Überrascht von Johannas Ausflug in die Höflichkeit und nur weil sie befürchtete, dass das Gespräch andernfalls sogleich wieder versiegen würde, schickte Leonie noch eine artige Frage nach – nicht ahnend, welchen Redesturm sie damit in Gang setzen würde.

»Möchtest du noch einmal jung sein?«
»Nein, keinesfalls.« Johanna sagte das sehr bestimmt.
»Warum nicht?«
»Viel zu anstrengend, dauernd diese Designprobleme.«
»Designprobleme?«
»Ja, Design. Die Jungen selbst würden von Style sprechen. Styling ist angesagt. Du musst dich ständig gestalten und umbauen und dabei kontrollieren, ob dein Selbstentwurf noch auf der Höhe aktueller Vorgaben ist. Du musst permanent darüber nachdenken, was du bist und wie du bist und wie du sein könntest, bis du im Zuge dessen gar nicht mehr dazu kommst, zu sein.«
Johanna schnaubte verächtlich.
»Und dann die harte Arbeit auf der Körperbaustelle.«
»Was soll das heißen?«, fragte Leonie mäßig interessiert.
»Auch du wirst dich an Mitschülerinnen und Mitstudentinnen erinnern, die eine etwas zu große Nase hatten oder einen etwas zu dicken Hintern, einen sehr großen oder sehr kleinen Busen. Ja, die Menschen fallen eben unterschiedlich aus, sagte man sich damals und sprach von den Launen der Natur. Hat sich ausgelaunt! Von wegen Natur, von wegen Schicksal. Körper ist machbar.
Ein unendlicher Modulationsprozess. Da geht's flugs immer mal wieder auf den OP-Tisch. Da darf man so zimperlich nicht sein, sonst schmiert man ab.
Körperdesign, das ist: strampeln, straffen, polstern, schneiden, absaugen – aber das ist auch schon von gestern. Der Mensch ist unendlich optimierbar. Schon laufen die Beinamputierten auf ihren Hightechprothesen schneller als die meisten der Naturprodukte. In den Laboratorien der Selbstkreation strebt das Humanum einer totalen Neu-

schöpfung zu. Jetzt geht es an die Optimierung der Hirne per Chip.«

Sie lachte.

»›Der Mensch‹: Made on Earth. Copyright: der Mensch.«

Leonie lachte nicht. Sie hatte Kopfschmerzen. »Du liebe Güte«, sagte sie abwehrend, »wo soll das noch hin?« Aber im Grunde war ihr das ziemlich gleichgültig.

Johanna war, nachdem sie drei Jahre jenseits ihrer Ruferei kaum einen Laut von sich gegeben hatte, nicht mehr zu bremsen. Ein Rederausch.

»Auch die Sexualität unterliegt heute einer harten Selbstkontrolle. Du wirst dich schwach erinnern: Wir haben das noch so gemacht, wie wir es konnten – der eine besser, der andere schlechter –, wie wir dachten, dass es gehen müsste und gut wäre. Für die Jugend ist das eine vorbildgesättigte, zuweilen biochemisch forcierte, artistische, mehr oder weniger öffentliche Show-Veranstaltung, in der Kalkül und Leistung eine Rolle spielen.«

Leonie machte einen zunehmend matten Eindruck. Das interessiert mich eigentlich nicht, dachte sie. Nein, nein, das interessiert mich überhaupt nicht. Das muss mich auch nicht mehr interessieren. Das habe ich alles längst hinter mir gelassen. Sie hoffte, dass Johanna aufhören möge, so erregt an sie heranzudozieren.

Johanna zündete sich eine Zigarette an. Dann fuhr sie unbeirrt fort:

»Du wirst jetzt denken, dass ich so eine typische zeternde Alte bin, die auf die Jugend schimpft – so wie die Alten aller Zeiten immer auf die Jungen geschimpft haben. Ganz falsch! Die sollen sich ruhig überanstrengen. Es geht mich nichts mehr an, ich könnte auch zeitgemäßer sagen:

Es geht mir am Arsch vorbei. Die Beschaffenheit meines Arsches hingegen interessiert niemanden mehr, mich am allerwenigsten. Jeder, der ihn nicht sehen muss, kann froh sein. Mich eingeschlossen.
Nein, ich kritisiere die Jungen nicht, aber ich bin froh, nicht mehr jung zu sein. Ich finde es jedoch auch nicht gut, alt zu sein. Gar nicht gut.«
Johanna drückte ihre Zigarette aus.
»Unlösbar. Ein klassisches Dilemma.«

Küche (etwas später)

Janina hatte begonnen, das Mittagessen (oder wie die Kokette immer sagte: den Lunch) vorzubereiten. Es würde ein Risotto geben. Die Damen bevorzugten leichte Kost. Janina war zu Recht stolz auf ihre Kochkünste. Nur die Junge hatte neulich gemeckert und gefragt, ob es nicht einmal Spareribs geben könne. Janina schüttelte es allein schon bei dem Gedanken daran.
Janina hatte es eilig. Sie lag gut in der Zeit. Wenn nichts dazwischenkäme, hatte sie gute Chancen, das Haus um 18 Uhr verlassen zu können. Sie musste die eigene Wohnung noch auf Hochglanz bringen. Das Sauberkeitsbedürfnis ihrer Mutter hatte wahnhafte Züge. Jedes Staubkörnchen leuchtete ihr phosphoreszierend entgegen. Sicher hatte Jacub, ihr sechzehnjähriger Sohn, wieder seine Sachen über die ganze Wohnung verstreut. Die müsste sie auch noch wegräumen, bevor die Mutter zu ihrer Wohnungsinspektion schreiten würde.

Und während Janina gerade gedanklich die einzelnen Arbeitsschritte durchging, die zu Hause auf sie warteten, wurde die Küchentür vehement aufgestoßen, und die Junge stürmte herein.
»Hey, Janina, ich hab nen Gast, kannste Kaffee machen?«
Dem Ton nach war das keine Frage, es war eine Aufforderung.
Janina, ärgerte sich (wie schon so oft), dass die Junge sie duzte.
»Ja, sicher«, sagte sie und legte das Küchenmesser, mit dem sie gerade Zwiebeln geschnitten hatte, aus der Hand.
»Brings in die Bibliothek«, sagte die Junge und war auch schon verschwunden.
Janina wusch sich die Hände und rechnete. Kaffeekochen, die Milch in ein Kännchen füllen, das Zuckerschälchen auffüllen, das Tablett mit dem Geschirr und den beiden Kaffeelöffeln bestücken und in die Bibliothek tragen, und das Gleiche in einer Stunde retour (denn den Rücktransport würde die Junge mit Sicherheit nicht übernehmen) – das kostete insgesamt sicher eine Viertelstunde, wenn nicht mehr. Janina hatte es eilig.
Und dann steckte die Junge den Kopf noch einmal durch die Tür:
»Und wenn Kekse noch da wärn …«
Janina konnte Dörte nicht leiden.

Salon (zur selben Zeit)

Leonie wunderte sich weiterhin über die ungewöhnliche Redefreudigkeit Johannas. So viele Sätze in geschlossener Folge hatte sie während der gesamten Zeit, in der sie hier wohnte, nicht aus deren Mund gehört.

Nein, Johanna hatte nicht aufgehört mit dem Dozieren, im Gegenteil, sie hatte in ihren Ausführungen zur Überanstrengung der Jugend immer mehr Fahrt aufgenommen. Ob Leonie denn nicht gemerkt habe, dass die alle ständig aus der Puste seien.

Als sie wahrnahm, dass Leonie sich ein wenig über die veraltete Wortwahl amüsierte, sagte sie, dass sie mit voller Absicht dieses verwitterte kindische Idiom gewählt habe. Auch Leonie werde sich ja daran erinnern, wie sie als Kinder manchmal um die Wette gelaufen und hernach aus der Puste gewesen seien. Die Betonung läge auf *manchmal*. Jetzt aber machten sie das *ununterbrochen*. Schon als Kleinkinder von den Eltern in die Startblöcke gepresst, würden sie vom Kindergarten bis ins Berufsleben in die Gangarten der Beschleunigung gezwungen. Hinein in die Stressberufe mit den englischen Namen, unter denen man sich nichts vorstellen könne. Das Leben ein einziger Wettlauf. Ja, so sei es: Die liefen immerzu um die Wette und tränken dabei atemlos Kaffee aus Pappbechern.

Und dann das Internet: Das sei ja die Atemlosigkeit per se. Das fordere eine grelle Wachsamkeit und eine halsbrecherische Flexibilität des Geistes und der Sinne. Da bleibe keine Luft für gedankliche Ausflüge. Das Netz bringe den Geist gleich in Simultanwettläufe. Man halte mal seine

Angelegenheiten alle aufrecht, wenn es einen dreifach gebe, wenn man vier Blogs bedienen, ständig zwanzig Leuten posten wolle, wo man gerade sei, was man gerade mache und wo man in den nächsten Stunden sein werde, und zugleich die dem entsprechenden Nachrichten von den anderen entgegennehmen und nebenbei noch Auktionen bei eBay im Auge haben müsse. Auf Facebook beschreibe man mitlaufend permanent ein Leben, das man nicht lebe.

Da sei die Luftnot Programm.

Sie habe das studiert, habe da sogar ein wenig mitgemacht. Das habe einen hohen Reiz. Sie sei dem auch zeitweise erlegen. Das müsse sie schon zugeben. Sie könne verstehen, dass die Jungen die für sie maßgeblichen Teile ihres Lebens ganz in die Cyberwelt auslagerten.

Allerdings, sie sei sicher, dass, fiele der Strom mal über längere Zeit aus, siebzig Prozent dieser Jugend in der Psychiatrie landen würden.

Aber nein, sie wolle nicht mehr jung sein, sie wolle ihren Kaffee nicht im Galopp trinken.

Galopp?, hatte Leonie gedacht und nachdenklich die Gehhilfe betrachtet, an der Johanna gehangen hatte, als sie in den Raum geschlurft war.

Ja, dachte sie jetzt, so manche Tugend hatte ihre Ursache einzig in der Schwäche. Aber auch diesen Gedanken konnte sie nicht ausbauen, denn Johanna legte schon wieder nach.

Sie, die Jungen, wirkten ständig so, als hätten sie in dieser rasanten Ablaufdynamik keine Zeit zu verlieren.

Leonie dachte an Dörte, den jugendlichen Neuzugang in diesem Haus. Die war nicht ›aus der Puste‹, die trat auf der

Stelle, nicht der Hauch einer Erschöpfung, da würde sie, Leonie, eher von einem Rückwärtsgang sprechen wollen.
Sie selbst, so brachte Johanna ihre Rede zu einem Schluss, sie selbst habe in ihrem Leben viel Zeit verloren, und die Zeiten, da sie sich das Zeitverlieren gestattet habe, seien immer die besten Zeiten gewesen. Und daher habe sie jetzt, da ihre Tage gezählt seien, jetzt, ja jetzt, just mit dem heutigen Tag, beschlossen, diese letzte Zeit – ungeachtet der Internetverlockungen – doch lieber im analog Unzeitgemäßen zu verbringen.
»Willkommen daheim«, sagte Leonie ausgelaugt.
Dann war es ganz still.

Drinnen

Wer Johanna jetzt so finster, bissig in sich zusammengesunken in dem Sessel sitzen sah, mochte sicher nicht glauben, dass sie einst eine Autorin der hellen, schwebenden Töne gewesen war. Vorübergehend bewundert für die beschwingte Leichtigkeit ihrer Prosa, von der Kritik hochgelobt für ihren Hymnus an das Leben, ihre Feier des geglückten Augenblicks, ihre Hingabe an das Geschenk eines sonnigen Morgens, die Schönheit eines geäderten Blattes, die Unergründlichkeit im Auge eines Reptils und die Gespinste der Nacht. Von einer Elfenprosa hatte ein Rezensent gesprochen.
Fotografien aus dieser Zeit zeigten eine sehr schmale, aparte dunkelhaarige Frau, die elegisch in die Ferne schaute, zart umweht von einer besänftigten Natur.

Ganz so elegisch war ihr Leben nicht gewesen.
Es war über viele Jahre sogar ein umtriebiges, lautes und schnelles Leben gewesen, eingebunden in einen bunten, gleichgestimmten Freundeskreis. Sie hatte mit ihrem Mann, einem begehrten Opernregisseur, die Kontinente bereist, offen für das Fremde, bereit für das Exotische und das Abnorme und scharf auf alle Neuerungen. Da gab es glamouröse Feste an exklusiven Orten, Sex mit anderen Männern, Affären, Streit, Versöhnung, Alkohol, auch Drogen, aber nie in den Exzess hinein, eher schon in die Ermüdung.
Jedenfalls war ihr Leben nicht so zartschwebend gewesen, so ganz in die Elfenferne gewoben, wie sich das viele ihrer Leserinnen vorgestellt hatten, als ihre Bücher noch gelesen wurden.
Kinder waren ihr versagt geblieben.
Vor dreiundzwanzig Jahren war ihr Mann gestorben. Danach hatte es noch etliche Affären gegeben, aber keine, die in ihrer Erinnerung eine große Rolle spielte. Die illustre Schar der Freunde war durch Todesfälle erheblich reduziert worden. Andere waren verstummt, verloren, weggetrieben von den Winden.
Ja, so war das eben.

Bibliothek (unterdessen)

Flocke hatte Zahnweh, wenn auch noch nicht sehr schlimm. Noch nicht.
Als Janina zwei Stoffservietten, zwei Tassen, zwei Teller,

zwei Löffel, ein Kännchen mit Milch, eine Kaffeekanne, eine Zuckerdose und eine Schale mit acht Biskuits auf den zierlichen Tisch gestellt hatte (nachdem Dörte so gnädig war, ihre schönen Beine von der Marmorplatte zu nehmen), bedankte sich Flocke artig.

Dörte (ja klar) bedankte sich nicht.

»Mein Freund bleibt zum Mittagessen.«

Janina nickte und verließ den Raum.

Dörte nahm ein Biskuit.

»Wirst ja wohl Zeit haben, jetzt, wo deine Alten verreist sind, oder?«

Flocke hatte das Gefühl, dass hier keine Absage erlaubt sei. Aber das musste ihn ja nicht stören, denn er war ja weit, weit! entfernt davon, abzusagen. O nein. Ganz im Gegenteil. Er freute sich. Er befand sich seelisch in einem Freudentaumel. Und die Freude, die seit dem Augenblick, in dem er heute Morgen um 9 Uhr 22 ihren Anruf erhalten hatte (er hatte es nicht glauben können, als er ihre Nummer auf dem Display seines Handys gesehen hatte), immer wieder in ihm hochbrandete, schwemmte alle anderen Empfindungen hinweg, sogar die zunehmenden Zahnschmerzen. Offensichtlich suchte Dörte seine Gegenwart. Wahnsinn!

»Ja klar, ich bleibe gern zum Mittagessen.«

Dass er einmal so viel Zeit mit Dörte verbringen würde, das hätte er nicht zu hoffen gewagt.

Dörte zeigt auf das Tablett, das Janina vor ihnen abgestellt hatte.

»Willste Zucker oder Milch in den Kaffee, willste Kekse?«

Nein, er wollte seinen Kaffee schwarz trinken.

Nein, er wollte keinen Keks essen.

»Ich habe viel Zeit«, sagte er, »ich habe erst um 15 Uhr einen Termin beim Zahnarzt. Dauert nicht lange. Danach könnt ich aber gleich wiederkommen. Wenn du willst.«
Nein, Dörte fragte nicht, ob er Zahnschmerzen habe.
»Ich kann den Termin aber auch sausen lassen«, fügte er eilig an.
»Sehn wir mal.«

Salon (zur selben Zeit)

Johanna war, nachdem sie ihren exaltierten Vortrag über die angeblich notorisch überanstrengte Jugend beendet hatte, in ein brütendes Schweigen versunken, als habe sie das ungewohnte Sprechen gleichermaßen überanstrengt. Sie starrte mit unbewegter Miene aus dem Fenster. Offensichtlich konnte sie der Außenwelt nicht viel abgewinnen. Sie schien nichts wahrnehmen zu wollen, nicht den nahezu perfekten Frühsommertag, nicht die Spaziergänger, nicht die Boote, nicht den Schwan, der auf dem glitzernden Fluss dahinglitt und dessen weißes Gefieder in der Sonne leuchtete, als besäße er eine inwendige Lichtquelle.
Johanna aber sah blind in eine unbekannte Ferne.
In kurzen Abständen zündete sie sich eine Zigarette an.
Leonie hatte die Zeitung wieder entfaltet, konnte sich aber weiterhin nicht auf den Artikel über den exzentrischen Autor konzentrieren.
Die müde Stille im Salon wurde gelegentlich unterbrochen durch die Ausrufe der am Ufer spielenden Kinder und das

Motorengeräusch vorbeifahrender Schiffe. In der Ferne bellte ein Hund.

Charlottes Zimmer im 1. Stock (zur selben Zeit)

Charlotte stand am Fenster ihres Arbeitszimmers und sah auf den Fluss. Das tat sie immer, wenn sie nachdenken musste. Ein freundlicher Wind war aufgekommen, und der Wellengang war munterer geworden. Auch sie sah den Schwan. Jetzt verließ er seinen geraden Kurs in der Flussmitte und steuerte auf das Ufer zu. Für einen Augenblick überkam sie das Gefühl, dass er eine Botschaft mit sich führe. Eine Botschaft speziell für sie, Charlotte.

Sie erschrak. Himmel, was war denn das für eine Idiotie? So dachte sie fast im gleichen Moment. Sie schüttelte verwundert den Kopf. So weit kommt es noch, dachte sie, dass ich mich so einem Hokuspokus ausliefere, dass ich solche Altersschrullen entwickle, dass ich Wunder erahne, wo keine sind, dass ich sonderbar werde und den Erscheinungen eine Qualität zumesse, die ihnen nicht zukommt. Solche irrationalen Anmutungen kannte sie nicht. Sie waren ihr fremd. Zutiefst fremd. Sie war befremdet von sich selbst.

Nein, so weit durfte es nicht kommen. Was immer dieser Tag mit sich brächte, sie würde tun, was notwendig wäre, so wie sie das immer getan hatte, und es würde auch in diesem Fall eine Lösung geben.

So oder so.

Der Schwan hatte seinen geraden Kurs flussabwärts wiederaufgenommen.

Salon (kurz darauf)

Nadine kehrte zurück von ihrem Einkauf. In der Konditorei hatte sie einen Espresso getrunken. Das war, kurz bevor sie zu ihrem Arzt gegangen war. Dort war das Schlimmste schnell gesagt gewesen.

Im Salon streifte ihr gleichgültiger Blick kurz Johanna, deren Anwesenheit sie an jedem vorangehenden Tag erstaunt hätte. Dann legte sie das Tortenpaket auf den Couchtisch und überraschte die anderen, als sie mit einer für sie ungewöhnlichen Schärfe sagte: »Wenn man den Aschenbecher gelegentlich mal ausschütten und mit einem feuchten Lappen säubern würde, würde es nicht so stinken. Und überhaupt, ich finde, hier im Salon muss nicht geraucht werden.«

Leonie, die keinen Streit wollte, sagte sanft:

»Alle Fenster sind weit geöffnet. Warum bist du so empfindlich? Es hat dich nie gestört, wenn Charlotte hier gelegentlich rauchte.«

»Du sagst es: Charlotte raucht *gelegentlich*, andere rauchen Kette.« Nadines Tonfall war giftig. Grell giftig.

Johanna schaute nur angeödet in Nadines Richtung.

Die hatte eine kämpferische Haltung eingenommen, oder eine Haltung, die sie für kämpferisch hielt, die ihr aber etwas missglückte, weil sie ihrem Charakter widersprach und daher lebensgeschichtlich nicht erprobt war. Das sah ein bisschen komisch aus, aber Leonie war nicht zum Lachen zumute, weil sie das Gift auch in Nadines Miene und Stimme wahrnahm, eine Entstellung aufs Ganze, die Leonie beeindruckte.

Johanna jedoch schien nicht beeindruckt.
»Ich werde das Rauchen nicht mehr einstellen. Ich bin alt, sehr alt, meine Beine sind schwach, meine Augen sind schwach, mein Herz ist schwach, meine Verdauung ist schwach, so auch mein Gedächtnis – warum sollte ich aufhören mit dem Rauchen und mich dabei quälen? Damit ich ein halbes Jahr länger lebe?
Ich habe keine Kraft mehr zu Aufbrüchen. Ich gehe nichts mehr an. Ich würde gerne hemmungslos und sinnlos lügen. Aber dafür braucht man ein gutes Gedächtnis, und es ist auch zu spät, noch einmal etwas Neues anzufangen.«
Nadine wurde noch greller.
»Aber ›Unerhört‹ kreischen kannst du noch, du bist noch gut bei Stimme. Du solltest nichts tun, was die Leute so quält, dass sie dein baldiges Ableben erhoffen.«
Nadine schnappte sich das Tortenpaket und verließ den Raum, dabei wäre sie beinahe mit Charlotte zusammengeprallt, die die erregten Stimmen gehört und sich gedacht hatte, dass man da vielleicht einmal nachschauen müsse.

Küche (etwas später)

Janina war zornig.
Da war doch die Kokette in ihre Küche gerauscht, hatte stramm gesagt, dass zur Teezeit Herr von Rungholt erscheinen werde und dass sie, also Janina, bitte die nötigen Vorbereitungen im Salon treffen möge. Bitte das gute Porzellan und das Silber. Und bitte eine frische Tischdecke und frische Blumen. Die Torte, die der Herr so gerne äße,

habe sie schon besorgt. Bei dem Wort »bitte« hatte sie immer mit der flachen Hand auf die Tischplatte geschlagen. Das hatte jedes Mal richtig geknallt. Und mit den letzten Worten hatte sie unsanft ein Paket auf den Küchentisch gelegt.
Da sollte sie sich keine Illusionen über den Zustand der Torte machen, hatte Janina gedacht und: Was war denn mit der passiert, so kannte man die ja gar nicht. Die hatte nicht melodisch gezwitschert wie sonst, nein, ganz abgehakt auf einer Tonhöhe wie ein Automat hatte die gesprochen und die Bewegungen – wie ferngesteuert.
Was war überhaupt heute los? Die Verrückte hatte seit dem Morgen nicht mehr ihr ›Unerhört‹ in die Gegend geschmettert. Und die Traurige (so nannte sie Leonie bei sich) war auch noch nicht aufgetaucht. Sie hatte die Chefin einmal gefragt, warum die denn immer so traurig sei. Da hatte die Chefin erzählt, dass die Traurige den Tod ihres Mannes und ihrer Kinder, die vor sechs Jahren bei einem Autounfall ums Leben gekommen seien, nicht verwinden könne. Die habe man in der Schwärze ihres Schmerzes nicht versinken lassen dürfen. Die habe man in die Villa retten müssen. Ja, so hatte die Chefin das ausgedrückt: »der Schwärze ihres Schmerzes«. Das hatte Janina beeindruckt. Alle Rettungsaktionen der Chefin hatten sie beeindruckt. Die Kokette hatte sie ja auch in die Villa geholt, als die vor einigen Jahren so krank gewesen war. Bald schon war es ihr bessergegangen, und seitdem hatte die sich durchs Haus gezwitschert. Bis heute. –
Janina sah auf ihre Armbanduhr.
Jedenfalls pflegte die Traurige für gewöhnlich um diese Zeit bei ihr in der Küche aufzutauchen, um die Einkäufe

und den Speiseplan für den nächsten Tag zu besprechen. Sie war immer sehr freundlich, zugleich auch etwas entrückt. Als befände sich eine Milchglasscheibe zwischen ihr und der Welt. Heute war sie nicht gekommen. Seltsam war das doch. Da würde sie morgen improvisieren müssen.

Wenn sich solche Abweichungen vom Üblichen weiterhin häuften, könnte sie das minutiös geplante Säuberungspensum in ihrer kleinen Wohnung vor dem Eintreffen der Mutter nicht schaffen.

Zweifellos: Janina war ungehalten, weil sie befürchtete, infolge der Abweichungen vom Gewohnten zu spät nach Hause zu kommen. Jedoch: Ihre Beunruhigung ging über den Eigennutz hinaus. Janina war klug und vor allem empfindsam.

Sie mochte ihre Arbeit. Sie fand sich respektiert (sah man einmal von der Jungen ab. Aber die war hoffentlich nur eine vorübergehende Erscheinung.)

Janina hingegen gehörte gewissermaßen zum Haus, jedenfalls hatte sie die Planung und Ausgestaltung dieses Gemeinschaftslebens von Anfang an begleitet.

Die Chefin hatte ihre Villa in den letzten zehn Jahren Zug um Zug zu einer Altenbastion ausgebaut. Barrierefrei. Die Bäder waren behindertengerecht, die Treppen mit Liften ausgestattet. Im Eingangsbereich befand sich ein kleiner Fuhrpark: ein Rollstuhl, zwei Rollatoren und zwei Einkaufswagen.

Wichtiger aber, das hatte Janina bald erkannt, als diese sanitärtechnischen Hilfen war das Gerüst des Gemeinschafslebens, waren die geordneten Abläufe, waren die alltäglichen Routinen, das unausgesprochene Regelwerk der

Chefin. Selbst in dem demonstrativen Rückzug der Verrückten lag dessen Anerkennung.
Janina spürte, dass die Gewohnheiten und die klaren Aufgabenverteilungen diesen Haushalt stabilisierten.
Und Janina spürte auch, dass schon kleine Irritationen und Regelwidrigkeiten Risse ins Fundament dieser Lebensform bringen konnten.
Was aber stand hinter diesen für sich genommenen harmlosen Abweichungen?
Janina nahm eine Witterung auf.
Dieser Herr von Rungholt!

Salon (kurz zuvor)

»... rennt los, kauft Torte und rüscht sich auf für so einen öligen Kerl, aber findet dreimal in der Woche ihre Windeln nicht«, sagte Johanna gerade.
»Unsinn«, sagte Leonie, »das mit den Windeln stimmt doch gar nicht. Sei bitte nicht so bösartig. Sie schien mir allerdings etwas neben sich zu sein.«
»Von wem sprecht ihr?«, fragte Charlotte, die Türe hinter sich schließend.
»Na, von wem wohl? Von unserer Textilprinzessin«, sagte Johanna.
Charlotte setzte sich. Sie wurde sehr ernst.
»Ich bin froh, dass Nadine gerade nicht anwesend ist. Ich wollte euch, speziell dich, Johanna, bitten, sie nicht so hart anzugehen und auch die kleinen Spitzen gegen ihre Modeallüren zu unterlassen.«

»Was ist los?«, fragte Leonie
»Da lag vorhin ein an sie adressiertes Schreiben auf dem Tischchen am Eingang. Es kam von ihrem Arzt. Auch sie muss den Brief, als sie das Haus verließ, dort gesehen haben.
Ich weiß, dass sie diesem Schreiben entgegengezittert hat. So verstört, wie sie mir eben erschien, nehme ich an, dass sie es inzwischen gelesen und daraufhin ihren Arzt aufgesucht hat. Es enthielt wohl die Bestätigung ihrer schlimmsten Befürchtungen. Nach den letzten Untersuchungen wies alles in die Richtung eines rezidiven Geschehens, aber sie hat wohl doch gehofft ...«
»O Gott«, sagte Leonie.
»Scheiße«, sagte Johanna und sank noch etwas weiter in sich zusammen.
Charlotte sagte: »Ich habe neulich lange mit ihr gesprochen und ihr versichert, dass wir alle hier ...«
Sie unterbrach sich, weil die Türe aufging und Nadine wieder in den Salon kam. Ohne eine von ihnen anzusehen, setzte sich abseits vor den großen TV-Schirm, nahm die Fernbedienung in die Hand und zappte sich durch die Programme.
Niemand sagte etwas.
Eine Hilflosigkeit breitete sich aus. Man konnte sie riechen.
Nicht denken, einfach nicht denken, dachte Johanna.
Ja, wenn das ginge.
Leonie nahm, um irgendetwas zu tun, die Zeitung wieder auf.
Johanna starrte leer aus dem Fenster.
Charlotte verließ den Raum.

Draußen

Jetzt konnte ein äußeres Geschehen doch Johannas Blick einfangen. Er folgte wie magnetisch gesteuert einem kleinen rundlichen Mann. Der trug einen Panamahut. Sein schmaler Schnurrbart wies an den Enden in die Höhe (was ihm den Anschein von Lustigkeit verlieh). Er hatte einen Zigarillo zwischen den Lippen und die Arme auf dem Rücken verschränkt. Obwohl seine Figur, speziell sein kleiner Kugelbauch, dagegensprach, besaß seine Erscheinung Grazie und Eleganz, so wie er da gemessenen Schritts auf der Uferpromenade promenierte. Ja, man musste wirklich sagen: promenierte. Sein Gang kam aus einer anderen Zeit. Seine ganze Erscheinung gehörte in eine andere Zeit, an einen anderen Ort. Frühe dreißiger Jahre, Croisette, vielleicht, dachte Johanna, oder noch früher: Bois de Boulogne 1913.
Der Mann trug einen tadellos geschnittenen sandfarbenen Anzug. Dreiteilig. Leichter Gabardine. Dazu eine leuchtende weinrote Krawatte. Seide, unverkennbar. Sicher ragte da auf der ihr abgewandten Seite ein Ziertüchlein aus seiner Brusttasche. Einen ganz ähnlichen Anzug hatte einst ihr Mann besessen. Sie hatte ihn einige Male in die Reinigung gebracht. Aber ansonsten war da ja nicht die geringste Ähnlichkeit. Keine Spur.
Jetzt kam der rundliche Mann auf die Höhe ihres Fensterausschnitts. Und – sie konnte es nicht glauben – er machte einen kleinen albernen Hopser, dabei drehte er den Kopf in ihre Richtung und zog seinen Hut. Einen Schrittwechsel, wie ihn Pferde bei der reiterlichen Anweisung zum

fliegenden Galoppwechsel taten und wie er unter den Menschen nur den Kindern zustand.

Das war blödsinnig. Johanna nahm die Brille ab und rieb sich die Augen.

Hatte es diesen kleinen Hüpfschritt wirklich gegeben? Oder verzerrte sich ihre Wahrnehmung schon ins Absurde?

Johanna setzte die Brille wieder auf.

Der Mann verließ würdevoll ihr Blickfeld.

Bibliothek (11 Uhr 58)

Janina kam in die Bibliothek, um das Kaffeegeschirr abzuräumen und zu fragen, wo die beiden das Mittagessen zu sich nehmen wollten.

»Na auf keinen Falle mit den Mumien im Esszimmer«, sagte Dörte, und: »Was gibt's denn?«

»Risotto und …«

Dörte unterbrach sie:

»O nee, bah, immer dieses schlabbrige Zeug. Nich für uns.«

Und ohne Janina weiter zu beachten, sagte sie zu Flocke:

»Weißte was, ich hol uns schnell ne Mafiatorte. Is ja nich weit zu Mario.«

Und mit diesen Worten war sie auch schon verschwunden. Flocke war halb aufgestanden und sah ihr hilflos hinterher. Die beiden Sätze, die er eigentlich hätte sagen wollen, »Ich mag Risotto« und »Ich kann dich ja begleiten«, waren jetzt sinnlos.

Unschlüssig sah er zu Janina.

Die musste lachen, als sie den langen Kerl da so stehen sah mit eingeknickten Knien, baumelnden Armen und ratlosem Gesicht.

Fast tat er ihr leid. Aber da musste der wohl durch. Warum, dachte sie, sind es immer die Netten, die so schlecht behandelt werden?

Janina nahm das Tablett auf, lächelte freundlich, nickte ihm aufmunternd zu und verließ die Bibliothek.

Flocke setzte sich wieder. Er gestand sich gegen immer noch massive innere Widerstände ein, dass ihm Dörtes Verhalten nicht gefiel.

Ihr Glanz verblasste etwas, und in dem Maße, in dem sich sein verliebtes Herzklopfen minderte, nahm das Pochen an seinem Zahn zu. Oder umgekehrt, er konnte und wollte das jetzt nicht entscheiden. Jedenfalls: Die Aussicht, in eine knusprige Pizza beißen zu müssen, war ein Horror. Da wäre Risotto allemal gnädiger gewesen.

Flocke war verwirrt. Er wollte nachdenken. Aber er kam nicht dazu, weil Charlotte wieder in der Bibliothek erschien.

Flocke stand auf.

»Bitte, bleiben Sie sitzen«, sagte Charlotte.

Flocke setzte sich wieder. Ihm war, als habe er die Zeit, seit er sich in der Villa befand, ausschließlich mit Aufstehen und Hinsetzen verbracht.

»Wo ist Dörte?«

»Sie holt Pizza.«

»Mögen Sie kein Risotto?«

»Dörte fand …«

»Ich verstehe. Warum sprechen Sie so komisch?«

»Zahnweh.«

»Dann sollten Sie nicht Pizza essen, sondern zum Zahnarzt gehen, junger Mann.«

III

Salon (12 Uhr 07)

Nadine war bei ihrer Programmsuche auf die Verfilmung eines Trivialromans gestoßen. Sie stellte den Ton lauter.
»Jonathan tut dir nicht gut, Heather«, sagte eine sympathische ältere Dame zu einer hübschen jungen Frau. »Ich habe kein gutes Gefühl in seiner Gegenwart.« »Ach, liebe Tante Meredith, du bist immer so besorgt«, sagte die Hübsche, begleitet von einem dümmlichen Lachen, das jugendliche Unbesonnenheit anzeigen sollte. Die Kamera schwenkte auf dunkle Wolkentürme über einer weiten rauen Landschaft. Schottland vermutlich.
Nadine stellte den Ton noch lauter.
Und obwohl sich niemand wegen dieser akustischen Zumutung beschwerte, sprach Nadine jetzt laut und aggressiv abwehrend in den Fernsehton hinein, als müsste sie sich gegen eine Flut von Vorwürfen wehren:
»Ich will nichts mehr lesen, hören oder sehen, das mich beunruhigt. Ich führe einen Krieg gegen meine Hinfälligkeit. Einen Krieg, den ich nicht gewinnen werde. Das ist mehr als beunruhigend. Und wie das so ist, in Kriegen wollen die Menschen Lustspielfilme sehen. Denkt an die UFA-Produktion im Zweiten Weltkrieg. Ich will nur noch Filme sehen, deren Handlung absolut vorhersehbar ist,

deren gutes Ende ich kenne vom ersten Bild an. Seit ich das schlechte Ende vor Augen habe, beschwöre ich das gute Ende. Nur zu: Klischee an Klischee, so gefällt es mir jetzt.«

Und obwohl weiterhin niemand etwas sagte, wurde ihr Ton immer kämpferischer, und sie war sogar aufgestanden und einen Schritt auf Leonie und Johanna zugegangen:

»Und noch etwas: Ich will mich nicht mehr genieren, wenn ich etwas tue, das unter deinem Niveau ist, Johanna, oder unter deinem, Leonie, oder unter dem von Charlotte, oder sogar noch unter meinem eigenen. Das ist mir völlig egal, das interessiert mich einfach nicht mehr, da könnt ihr euch hinter meinem Rücken lustig machen, wie ihr nur wollt, so wie ihr euch auch über meine Kleidung lustig macht, bitte sehr, auch das ist mir egal, die Belustigung schenke ich euch, ich …«

Sie brach ab, und für einen Moment wurden die Filmstimmen wieder hörbar …

»Darf ich hoffen, Heather, dass Sie mich heute Abend auf den Empfang begleiten werden?«, fragte der Schönling die Junge. »Ja, gern, Jonathan«, hauchte sie.

Aber niemand schenkte dem Beachtung.

Nadine stand erstarrt, wie versteinert mitten in dem großen Raum. Es war, als habe sie sich verloren, als habe sie vergessen, warum sie hier war, warum sie überhaupt irgendwo war …

›Himmel‹, dachte Leonie und ›Erbarmen‹. Und dann: Ja, so ist das wohl, die Kranken, dachte Leonie, die Alten, die Todgeweihten wollen ihre Anklagen in die Welt hinausschreien, sie selbst aber wollen nichts Ungutes mehr hören und sehen, sie sind versessen auf allerlei Heiterkeiten und Harmlosigkeiten. Und hatte sie sich nicht selbst schon ertappt bei dieser Sehnsucht nach einer Linderung im Seichten? Aber auf die Dauer war der Kitsch kein wirksames Gegengift. Das wusste sie, und sie nahm an, dass Nadine es im Grunde auch wusste. Und sie dachte einmal mehr an den Leitspruch ihrer Mutter: Packe das Glück, wo du nur kannst, das Leid ist dir gewiss. Ja, so war das, dachte Leonie.

Johanna stand auf und strebte auf ihre Gehhilfe gestützt der Türe zu.

Das Gehen fiel ihr sichtbar schwer.

»Wo gehst du hin?«, fragte Leonie, aber nicht, weil es sie interessierte, nur, weil sie das Bedürfnis hatte, eine gewöhnliche Frage zu stellen und ihre eigene Stimme zu hören.

»Ich gehe in mein Zimmer, dort rauche ich sehr viel und schreibe den letzten Satz meines Romans«, sagte Johanna.

Drinnen

Es gibt Erinnerungen, die sind wie ein Überfall. So erging es jetzt Johanna auf dem Weg in ihr Zimmer. Nadines Verzweiflung hatte sie nicht kalt gelassen, im Gegenteil, sie hatte sie tief berührt. Sie war nicht so abgebrüht, wie sie sich gab. Ihr Panzer, die schroffe eigenbrötlerische Haltung, hatte Risse. Das hatte wohl den Erinnerungsüberfall ermöglicht. Seltsamerweise hatten die Bilder, die sich jetzt einstellten, überhaupt nichts mit den Ereignissen im Salon und Nadines Verzweiflung zu tun.

Manuel, das Bild des einzigen Mannes, den sie wirklich geliebt hatte, schob sich ihr vor Augen. So deutlich hatte sie ihn seit Jahrzehnten nicht mehr wahrgenommen. So war es in den ersten Jahren nach der Trennung gewesen: dass sie ihn gesehen hatte, jede Pore, das Farbenspiel zwischen Grün und Grau in seinen Augen, die raue Wange am Abend, dass sie seinen Geruch wahrgenommen hatte, seine Stimme, seine Fingerspitzen auf ihrem Gesicht, sie hatte ihn so deutlich ersehnen können, dass sie manchmal sicher war, sie müsse nur die Augen öffnen und er wäre wirklich anwesend.

Manuel, flüsterte sie.

Er war ein mittelloser Ethnologe. Ein Geheimtipp in der Intellektuellenszene. Komm mit mir, hatte er gesagt. Und wovon werden wir leben? Dort in den Anden braucht man nicht viel zum Leben, hatte er gesagt.

Zwei Tage später war sie mit ihrem Mann nach San Francisco gereist. Er hatte den Auftrag, an der Oper die Salome zu inszenieren. Sie hatte eine Einladung von mehreren kalifornischen Universitäten. Sie sollte aus ihren Werken lesen, auch Gespräche über ihre Literatur waren geplant. Und so geschah es dann auch. Eine fabelhafte Reise, von außen gesehen. Ein Erfolg nach dem anderen. Rauschend. Berauschend. Die Sekretärin ihres Mannes, die seine Geliebte war, war auch mitgekommen.

Manuel. Zwei Jahre später erhielt sie eine böse Nachricht: Sie glaubte Manuel auf Forschungsreisen in Lateinamerika, da war er schon ein Jahr tot gewesen.

Bibliothek (etwas später)

Der Junge tat Charlotte leid. Sie ahnte, welche mindere Bedeutung ihm Dörte in ihren Zukunftsplänen einräumen würde. Und sie erahnte zudem das Ausmaß seiner Leidenschaft. Eine Leidenschaft, die auch ohne Zahnweh bald schon Qualbeigaben haben würde. Sie konnte jedoch nicht ahnen, wie schnell dieser Zustand eintreten würde.

»Sie sind ein enger Freund von Dörte?«, fragte sie (etwas tückisch).

Flocke kam leicht ins Schleudern.

»Na ja, ja und nein, ich sag mal so, eigentlich nicht so richtig eng, oder doch, ich meine, ich kenne sie schon eine ganze Weile, wir waren in der gleichen Clique, aber dann ist sie ja nicht mehr in der Schule erschienen, also da habe ich sie irgendwie aus den Augen verloren, weil … ich weiß ja auch nicht so genau, aber …«

»Ich weiß von den Eskapaden meiner Enkelin«, sagte Charlotte trocken.

»Ja, aber das ist vorbei. Wirklich, da ist sie durch. Das ist total überwunden. Sie hat es mir selbst gesagt, ja doch, eben erst hat sie das gesagt, sie hat gesagt, dass sie ein ganz neues Leben beginnen will. Ja, ich bin sicher, das schafft sie auch … ganz sicher … und …«

Flocke hatte das eifrig fast beschwörend herausgestammelt, so als müsse er sich selbst überzeugen.

»Warten wir es ab«, sagte Charlotte cool, aber sie war doch etwas gerührt. Der arme Junge sah sich ja als Dörtes Helfer und Beschützer.

Aber es schien ihr, als wären da schon erste Rostflecken

auf seiner schimmernden Rüstung, als ahne er die Vergeblichkeit seines edlen Vorhabens.
Damit lag sie nicht falsch.
Tatsächlich, Flocke hatte das Gefühl, als verzerre sich das über lange Zeit liebevoll ausgeschmückte und stetig verschönerte Bild von Dörte, seiner Göttin, der er in der Vergangenheit nie wirklich hatte näher kommen dürfen. Ihm war, als hätte diese Ikone seiner Lüste Schaden genommen, als falle es ihm immer schwerer, Bild und Wirklichkeit in ein geglücktes Verhältnis zu setzen. Hatte sie sich immer schon so seltsam verhalten? Hatte sie immer schon diesen idiotischen Kinderjargon draufgehabt?
Aber, so wehrte er die kleinen Schmähfragen ab, diese bösen Zweifel verdankte er sicher nur den Zahnschmerzen.
Da Flocke nichts mehr einfiel, was er zu Dörtes Großmutter noch hätte sagen können, und um seine Verlegenheit zu kaschieren, griff er in erzwungener Lässigkeit nach einem Buch, das neben ihm in Augenhöhe auf dem Kaminsims lag, so, als wolle er nur einmal nachsehen, um was es sich da handelte. Dann lachte er auf.
»Das ist ja irre, so ein Zufall. Das Buch kenne ich. Ich habe es einmal gefunden in den Ferien. Vor zwei Jahren. Jemand hatte es in der Halle unserer Pension liegengelassen.«
»Und Sie haben es gelesen?« Charlotte schien dies nicht recht glauben zu wollen.
»Ja. Ich habe mich furchtbar gelangweilt in diesen Ferien, und da habe ich angefangen, es zu lesen. Aber ich habe es bald wieder weggelegt. Das war so irre, so eine komische Sprache und gar keine richtige Story, jedenfalls nicht fortlaufend. Total verschachtelt. Es gab immer neue Geschich-

ten in Geschichten. Es hat sich irgendwie fortlaufend weiter verzweigt und zugleich ineinandergegriffen. Was soll das? Komische Figuren. Komische Sprache. Total bescheuert. Warum schreibt einer so etwas?
Vorübergehend habe ich das Buch sogar richtig gehasst. Ich wollte es von der Klippe ins Meer schmeißen. Es hat mich dann aber nicht losgelassen. Verstehen Sie?«
Ja, das verstand Charlotte. Sie nickte.
»Ich kam nicht mehr raus, als hätte das Buch mich irgendwie in seine Geschichten eingewickelt. Auch wenn ich mich mit ganz anderen Dingen beschäftigt habe, musste ich an irgendein Geschehen oder irgendeinen der Typen aus dem Buch denken – und am Ende der Ferien hatte ich es dreimal gelesen. Dreimal! Verrückt, oder?«
»Verrückt? Nein! Erstaunlich!«, sagte Charlotte. »Ich las es auch einmal. Das ist aber mehr als vierzig Jahre her. Ich habe nur noch eine atmosphärische Erinnerung. Keine leichte Kost. Sie sollten sich mit Johanna unterhalten. Sie könnte ihnen viel dazu sagen. Es ist eines ihrer Lieblingsbücher. Deshalb liegt es hier so griffbereit. Soweit ich mich erinnere, war es ein polnischer Adliger, der es an der Wende vom achtzehnten ins neunzehnte Jahrhundert geschrieben hat. In französischer Sprache. Ich meine, mich erinnern zu können, dass das Manuskript verschwunden war und man das Buch mühselig rekonstruieren musste. Aber ich bin mir nicht sicher. Wie gesagt, wenn Sie Genaueres wissen wollen, fragen Sie Johanna, die könnte Ihnen aus dem Stand einen halbstündigen Vortrag über das Buch halten.«
»Ich bin eigentlich gar kein Leser«, sagte Flocke, »es war nur ein Zufall, also dass es da lag, als ich mich so lang-

weilte. Die Schullektüren haben mich in der Regel nicht interessiert.«

»Und was interessiert Sie?«

»Ich interessiere mich für Landschaftsarchitektur, später will ich …«

In diesem Moment flog die Tür auf und donnerte mit Schwung gegen die Wand.

Flocke erschrak und ließ das Buch in den Ständer für das Kaminbesteck fallen, wo es sich aufgeschlagen zwischen den schmiedeeisernen Gerätschaften verfing.

Dörte erschien, zwei flache Schachteln auf den Armen.

»Was ist das?«, fragte Charlotte, obwohl sie es ja sehen konnte.

»Pizza«, sagte Dörte.

»Wollt ihr das fettige Zeug hier in der Bibliothek zu euch nehmen?«, sagte Charlotte. Auch das war keine Frage, es war ein klares Verbot.

»Dann gehn wir eben in diesen Salon«, sagte Dörte.

»Nein, auch das möchte ich keinesfalls«, sagte Charlotte, »geht bitte in dein Zimmer.«

»Okay, okay«, sagte Dörte genervt.

Flocke genierte sich.

Es war eine doppelte Scham, die ihn traf. Dörtes Verhalten beschämte ihn stellvertretend, und es genierte ihn zugleich, dass seine Angebetete behandelt wurde wie ein unartiges Kind.

Flur im 1. Stock (kurz darauf)

Sie folgten Charlottes Befehl und machten sich auf den Weg zu Dörtes Zimmer. Auf dem Flur im ersten Stock sagte Dörte »Wart mal nen Moment« und drückte Flocke die flachen Pizzaschachteln, die an einigen Stellen schon etwas durchgefettet waren, in die Hände und verschwand hinter einer Tür. Als sie in den Raum wirbelte, sah er flüchtig einen gekachelten Boden. Daher nahm er an, dass es sich um ein Bad oder eine Toilette handelte. Als er zwei oder drei Minuten so verloren die Schachteln im Arm vor der Tür gestanden und interesselos das Muster des Läufers studiert hatte, ging auf der anderen Seite das Gangs eine Tür auf und eine alte Frau erschien gestützt auf eine Gehhilfe.

»Guten Tag«, sagte Flocke artig.

Die alte Frau musterte ihn finster.

»Das scheußliche Zeug isst hier niemand. Sie können wieder gehen.«

Bevor er sagen konnte, dass er kein Pizzabote sei, kam Dörte zurück und zog ihn am Ärmel mit sich. Leise sagte sie:

»Die seh ich auch zum ersten Mal. Das muss die Literaturkrähe sein.«

Johanna hatte gute Ohren.

»Ich geb dir gleich Krähe, du Kröte«, rief sie ihnen nach.

Flocke dachte, dass er sich mit dieser Frau vermutlich nicht über das Buch unterhalten werde.

Küche (12 Uhr 42)

Janina rührte. Janina rührte mit gleichmäßigen Bewegungen den zuvor mit Zwiebeln und Fett angeschwitzten Rundkornreis und gab in genau bemessenen Abständen Brühe hinzu. Sie beherrschte die italienische Küche. Jacub war aus einer Affäre mit einem verwöhnten Mailänder hervorgegangen. Ein verheirateter Mann, der sie entgegen anderslautenden Beteuerungen nach vier Jahren verlassen hatte. Die Unterhaltszahlungen aus Italien trafen, wenn überhaupt, nur unregelmäßig ein.

Der Salat, den es vorab geben würde, war schon fertiggestellt. Sie musste nur noch das Dressing hinzufügen. Als Hauptgang sollte es Scaloppine al limone geben. Das würde relativ schnell gehen. Auf diesen Gang würde die Kokette allerdings verzichten. Die war Vegetarierin. Aber die würde mit dem Risotto zufrieden sein. Die aß wie ein Vögelchen. Wespentaille mit Mitte siebzig, versteht sich ja.

Janina kicherte in sich hinein.

Im Kühlschrank befand sich ein Auflauf von gestern. Den konnten die Damen sich heute Abend warm machen. Eine Tätigkeit, die in den Aufgabenbereich der Traurigen gehörte.

Wo die nur blieb?

Janina rührte.

Die Küchentür im Rücken und ganz vertieft in die Risottozubereitung hatte sie nicht bemerkt, dass Johanna hereingekommen war, die Gehhilfe voran. Janina fuhr erschrocken herum, als plötzlich der Satz

»Ich brauche einen Schnaps«,
im Raum stand.
Da hätte sie beinahe den Risottotopf umgestoßen. Janina war auch deshalb so erschrocken, weil sie die normale Sprechstimme der Verrückten kaum kannte. Noch nie war die in ihrer Küche erschienen. Noch nie!
»Da müsste noch eine angebrochene Flasche Grappa im Vorratsschrank sein, aber ich kann auch, wenn Sie den Grappa nicht mögen, schnell in den Keller laufen, da hat die Chefin feine Obstler gelagert. Marillen- und Schlehengeist.«
»Grappa ist schon recht.«
Janina holte die Grappaflasche aus dem Vorratsschrank.
Johanna setzte sich an den Küchentisch.
»Bitte geben Sie mir ein Glas.«
Johanna kippte den Schnaps in einem Zug hinunter und knallte das leere Schnapsglas auf den Küchentisch.
Janina rührte.
Janina war sehr beunruhigt.

Charlottes Zimmer (zur selben Zeit)

Leonie hatte vorgehabt, Nadine nicht allein zu lassen mit dem TV-Drama um Unschuld und Bosheit. Es quälte sie nicht, sich dergleichen Rentnertrash anzusehen, wenn es auch etwas langweilig war. Aber dann hatte sie es im Salon doch nicht mehr ausgehalten. Der übermäßig laut eingeschaltete Ton hatte in ihren Ohren gedröhnt. Schlimm genug. Aber wahrhaft unerträglich war der Anblick ihrer verstörten Mitbewohnerin gewesen. Nadine hatte bewegungslos wie eingefroren mit vorgerecktem Kopf vor dem Fernseher gesessen und fanatisch auf den Schirm gestarrt, als forderte der Film ihre höchste Konzentration und wäre auch dieser Mühe wert.

Nach einer Viertelstunde hatte Leonie gefragt:

»Willst du reden?«

Aber Nadine hatte nicht einmal geantwortet.

Nach weiteren fünfundvierzig Minuten – es lief inzwischen eine Boulevard-Sendung über sogenannte Prominente – war Leonie gegangen.

Im ersten Stock klopfte sie an die Tür von Charlottes Arbeitszimmer und fand sie an ihrem Schreibtisch vor dem Computer, umgeben von aufgeschlagenen Aktenordnern und einer Unmenge anderer Papiere, die alle einen wichtigen Eindruck machten. Selbst auf dem Boden befanden sich geschichtete Unterlagen und kleine Stapel von Kontoauszügen aus vergangener Zeit.

Leonie kam gleich zur Sache.

»Wir müssen uns um Nadine kümmern, sie macht keinen guten Eindruck. Erst holte sie aus zu einer Art verbalem Befreiungsschlag, dann verstummte sie abrupt, und jetzt verharrt sie katatonisch vor dem Fernseher.«

Charlotte blickte kurz zu ihr auf.

»Du hast recht. Wir müssen ihr beistehen. Da sollte uns etwas einfallen. Aber leider müssen wir das auf den Abend verschieben. Ich habe nach dem Essen einen Termin in der Bank, und um fünf kommt Rungholt. Vielleicht kannst du sie ein bisschen im Auge behalten.«

Sie war jetzt schon wieder ganz bei ihren Zahlen und Daten.

»Ja sicher. Aber du kommst mir auch etwas nervös vor. Was suchst du da eigentlich?«

»Es gibt Unstimmigkeiten in den Finanzen. Aber ich komme hier nicht weiter. Ich laufe kombinatorisch immer wieder gegen die Wände. Es ist wie verhext. Wenn ich auf der Bank war und mit Rungholt gesprochen habe, weiß ich mehr.«

»Machst du dir Sorgen?«

»Ja.«

Speisezimmer (13 Uhr 05)

Janina hatte den Tisch liebevoll gedeckt. Wie immer. Feines Porzellan. Handgeschliffene Gläser. Schweres Silberbesteck.

Erlesene Tischwäsche. Janina hatte reiche Auswahl. Vier Haushalte mit teuren und zum Teil alten Beständen waren in der Villa zusammengeführt worden. Da konnte man variieren und gelegentlich steigern. Das Porzellan, das die Kokette beigesteuert hatte, deckte sie nicht so gerne auf. Janina fand es – wie sie bei sich dachte – chichi. Sie wusste nicht, woher ihr dieses Wort gekommen war, irgendwann hatte es Eingang in ihr Vokabular gefunden, und hier schien es ihr passend.

Janina, die in ihrem dreizehnten Lebensjahr in diesen Sprachraum geholt worden war, war zu Recht stolz auf ihr korrektes Deutsch und auf den Reichtum ihres Wortschatzes. Sie liebte diese Sprache, die ihr einst so feindlich und fremd erschienen war. Sie hatte sie sich erobert, hatte

deren Vielfalt wahrgenommen und bewegte sich jetzt in ihr wie in einem Haus, in dem sie immer noch neue Räume entdeckte. Nur die Satzmelodie und der ungewöhnlich weiche Klang einzelner Worte bezeugten, dass es sich nicht um ihre Muttersprache handelte.
Gelegentlich, in größeren Abständen, brachte sie trotz ihrer kleinen Abneigung das Chichi-Geschirr und die Chichi-Tischdecken zum Einsatz – die Kokette sollte nicht gekränkt werden. Heute musste sie das nicht erwägen, da man ihr ausgerichtet hatte, dass die Kokette unpässlich sei und keinen Appetit habe. An ihrer Stelle werde jedoch die Verrückte am gemeinsamen Essen teilnehmen.
Sonderbar.
Janina überlegte: Vielleicht sollte sie der Koketten einen Tee in den Salon bringen.
Aber dafür gab es keinen Auftrag. Und vielleicht wollte die Kokette kein Mitleid. Man sollte sie nicht für aufdringlich halten.
Schon wieder solche Unregelmäßigkeiten!
Janina war bekümmert.

Dörtes Zimmer (währenddessen)

Horror. Beinahe hätte Flocke die beiden Pizza-Schachteln fallen lassen, als er das große Kruzifix an der Wand sah und daneben in der Zimmerecke eine riesige schwarze Gestalt wahrzunehmen glaubte.
»Hilfe! Was ist denn das?« (Hatte er Gleiches vor Stunden nicht schon einmal ausgerufen?)

»Ne Standuhr mit ner Decke drüber. Hey Alter, komm runter, da musste nich gleich ausrasten.«
Sie nahm ihm die Pizzaschachteln aus der Hand.
»Die Schrankschande musste übersehen.«
Flocke setzte sich auf den Klappstuhl.
Flocke hatte Zahnweh.
Flocke sah zu, wie sich Dörte auf ihr ungemachtes Bett fallen ließ und die Schachteln griffbereit auf das Betttuch legte.
Sie klappte den Pappdeckel der oberen Schachtel auf und ergriff mit Daumen und Zeigefinger ein vorgeschnittenes Teigstück am verdickten Rand der Außenkruste und zog es aus der Kreisform. Dann senkte sie das herunterlappende spitze Ende des Pizzadreiecks in den Mund und biss ab.
Die Pizza war matschig und lauwarm, aber das schien sie nicht zu stören.
»Nimm«, nuschelte sie.
Flocke sagte: »Nein wirklich, ich mag jetzt nicht.«
»Wie bist *du* denn drauf?«
Flocke hatte keine Antwort.

Speisezimmer (13 Uhr 11)

Arme Janina. Charlotte, Leonie und Johanna aßen freudlos und mechanisch, ohne genau zu bemerken, was sie aßen. Das Risotto war hervorragend, aber keine der drei Frauen nahm das angemessen wahr. Sie waren ernst. Sie sprachen über Nadine. Sie hatten beschlossen, sie in Ruhe

zu lassen, sie in den nächsten Stunden nur aus der Ferne zu beobachten. Sie mutmaßten, dass sie eine totale Abschottung suchte, indem sie möglichst banale Bild- und Tonschranken zwischen sich und der Welt errichtete. Man wollte ihr aber gleichwohl in dezenten Abständen kleine Signale geben, dass man zu ihr stehe. (»Da können wir ja gelegentlich in den Salon gehen und an dem Blumenstrauß zupfen«, sagte Johanna. Das trug ihr böse Blicke von Charlotte und Leonie ein.)
Mehr Hilfe war im Moment nicht zu wollen.
Johanna wechselte das Thema.
»Ich nehme an, dein Sohn und deine Schwiegertochter zerfließen vor Dankbarkeit, jetzt, da du ihre ordinäre Göre bei dir aufgenommen hast«, sagte sie zu Charlotte.
»Nicht die Bohne. Dankbarkeit kennen die gar nicht. Die verübeln mir jedes Jahr meiner Lebenszeit, weil es sie von ihrem Erbe fernhält. Und was Dörte betrifft: Meine dünkelhafte Schwiegertochter wollte aus ihr ein Gesellschaftspüppchen machen. Das ist komplett schiefgegangen, wie man leicht sehen kann. Als die Kleine völlig aus dem Ruder lief, wollten sie auf die Frage ›Und was macht Ihr reizendes Töchterchen‹ nicht gerne antworten: ›Sie befindet sich im Jugendknast.‹ Da kamen sie mangels irgendwelcher Alternativen auf die Idee, sie hier abzuladen in meiner, wie sie sich immer ausdrücken, ›sündhaft teuren Villa‹ – eine Ausdrucksweise, die von ihrer Angst diktiert ist, ich könnte vor meinem Ableben noch mein ganzes Geld verprassen. Die würden mich, ohne mit der Wimper zu zucken, im Falle einer Demenz im kostengünstigsten Pflegeheim verenden lassen. Unter dem Einfluss meiner bigotten Schwiegertochter hat sich mein Sohn leider zu einem Spießer ver-

krümmt. Ein schwacher Charakter. Ich hätte mich, als er jung war, mehr um ihn kümmern müssen, dann hätte er sich vielleicht nicht unter die Knute dieser Frau begeben. Ich war zu sehr mit meiner Wissenschaft beschäftigt. Man sagt das nicht gern über den eigenen Sohn: Aber er ist mir fremd geworden. Dieses angestrengte Paar ist der reinste Horror. Alles, verstehst ihr, alles, was sie reden, ihre Maßnahmen, ihre Ticks und ihre Tricks, ihre Vorlieben, ihre Späße (die vor allem), ihre Ängste, ihre Riten, ihr schlechter Geschmack, ihr geziertes Getue, ihre Aufstiegssehnsüchte, ihre Erziehungsmethoden, alles, wirklich alles ist durchwebt und unwissentlich unterlegt von der Rankune gegen die Kultur, die einmal mein Europa war. Warum glaubst du, ist Dörte, wie sie ist? Man müsste sich um sie kümmern. Ihre künstliche Idiotensprache ebenso wie ihr idiotisches Benehmen sind Symptome einer Luxusverwahrlosung.«

»Hast du Dörte aufgenommen, weil du ein schlechtes Gewissen deinem Sohn gegenüber hast?«, fragte Leonie.

Johanna kaute und dachte ernsthaft nach.

»Nein, das glaube ich nicht, ich glaube, ich wollte ihn beschämen.

Man müsste Dörte helfen. Sie taumelt. Macht sich zum Witz. Sie weiß nicht, wohin mit sich. Man müsste sie mögen wollen. Aber auch mein Wollen kennt Grenzen.«

Ihr Gespräch wurde unterbrochen, weil Janina den Servierwagen hereinrollte, um die Vorspeisenteller abzuräumen und die Scaloppine und den Salat (dazu aufgeschnittenes Baguette) zu servieren. Sie runzelte die Stirn, als sie bemerkte, dass die Damen den Risotto nicht aufgegessen hatten. Charlotte, die das wahrnahm, beeilte sich, dessen

Vorzüglichkeit zu rühmen. Aber, so fügte sie an, im Alter, das wisse man ja, nähmen der Appetit und die Aufnahmekapazität ab.

Aber doch nicht bei allen gleichzeitig und von heute auf morgen, dachte Janina und kehrte enttäuscht zurück in die Küche.

Leonie starrte auf das flache, von einer feinen Soße beglänzte Kalbsschnitzelchen auf ihrem Teller. Zurückhaltender konnte ein gebratenes Fleisch kaum in Erscheinung treten.

Charlotte beschloss, den Speisen mehr Aufmerksamkeit zu gönnen.

»Vorzüglich, ganz zart«, sagte sie, »auf den Punkt genau gebraten.«

Leonie sah noch immer fremdelnd auf ihren Teller.

»Vielleicht hat Nadine ja recht, vielleicht sollte man kein Fleisch mehr essen.«

Johanna schien amüsiert.

»Noch eine Heilige. Glaub bloß nicht, dass du dich aus dem großen Fresskreislauf einfach ausklinken kannst. Die Welt ist ein Verdauungsprozess, wie uns ein Dichter einmal sagte.«

Leonie ließ sich nicht beirren.

Wusstet ihr, dass so eine Turbokuh, gezüchtet für eine absurde Maximierung ihrer Milchproduktion und konditioniert auf ein spezielles Kraftfutter, befreite man sie aus ihrem engen Pferch und führte sie auf eine Weide, nach kurzer Zeit elend verenden würde – das saftigste Gras vor der Nase?«

»Janina kauft nur Fleisch von freilaufenden Kühen. Iss gefälligst dein Schnitzel, ohne uns mit einer Fluchrede auf

Tierquälerei und Nahrungsverpantschung den Appetit zu verderben«, sagte Charlotte ungehalten.
»Verzeihung«, sagte Leonie, »ich hoffte, auch einmal ein wenig punkten zu können im Wettbewerb um die besten Gründe, bald zu sterben.«
»Aber doch nicht beim Essen«, sagte Charlotte.
»Freilaufende Kühe, ich lach mich tot«, sagte Johanna.
»Nur zu!«, sagte Charlotte.

Dörtes Zimmer (zur selben Zeit)

»Willste in echt nix«, fragte Dörte.
Flocke schüttelte den Kopf.
Dörte stapelte die entleerte und die unangebrochene Pizzaschachtel auf den Parkettboden neben ihr Bett.
»Ich hab meine Glotze und den DVD-Player retten können«, sagte sie, »haste Bock auf nen Film? Ich hab gute Streifen hier, nich son horstiges Zeug.«
»Ja klar«, sagte Flocke, »was gibt's denn?«
»›Star Wars, Episode 3, Die Rache der Sith‹; ›Zombieland‹; ›Attack the Block‹ und ›Planet Terror‹. Was meinste?«
Flocke antwortete nicht sofort. Zwei der Filme: ›Star Wars, Episode 3, Die Rache der Sith‹ und ›Attack the Block‹ kannte er schon – die Entscheidung zwischen ›Zombieland‹ und ›Planet Terror‹ verzögerte sich, weil Flocke in seinem Gedächtnis suchen musste, ob sich irgendwelche Informationen mit diesen Titeln verbänden, und weil die Zahnschmerzen seine Reaktionen verlangsamten. Da seine Antwort auf sich warten ließ, verordnete Dörte:

»Wir ziehn uns erst mal ›Planet Terror‹ rein. Den hab ich in der verbotenen Uncut-Version noch von Freddie.«
Flocke hatte Zahnschmerzen.

Salon (13 Uhr 45)

Ohne sich zu verabreden, strebten Leonie und Johanna dem Salon zu.
Nadine saß noch immer vor dem Fernseher. Sie hatte den Ton ausgestellt, und vermutlich hatte sie auch einen anderen Kanal eingeschaltet, denn dort war jetzt eine geopolitische Reportage zu sehen. Das waren keine schönen Bilder. Bilder vom Schauplatz eines Krieges oder einer Katastrophe. Menschen rannten. Sie waren pure Angst.
Leonie und Johanna, die gerade hereingekommen waren, starrten auch auf den Bildschirm. Da der beigegebene Kommentar nicht zu hören war, blieb unklar, wo und warum sich das Entsetzen ausgebreitet hatte. Und sie würden es auch nicht mehr erfahren, denn schon waren sie vom fernen Leid abgelenkt, weil Nadine plötzlich sprach, laut und jedes Wort betonend.
»Die Sensationen dieser Welt – seien sie berauschend oder beängstigend – dringen nicht durch das Grauen, das ich in mir trage. Ist das egoistisch?«
Darauf gab es nichts zu erwidern.
Langes Schweigen.
Bevor die Stille unerträglich werden konnte, durchbrach Johanna sie:
»Wir haben Janina gebeten, uns den Kaffee hierherzu-

bringen. Vielleicht möchtest du auch einen Kaffee oder einen Tee haben. Oder soll Janina den Risotto aufwärmen?«

»Nein, keinen Risotto. Tee wäre recht, und bringt mir bitte auch die Torte, die ich für Rungholt gekauft habe, und nehmt euch auch davon.«

Leonie ging hinaus, um Janina Bescheid zu geben.

Johanna sagte: »Da wird sich Rungholt grämen, wenn er keine Leckereien kriegt. Mir scheint, sein Kurs ist rapide gesunken.«

»Ach, denk doch nicht, dass ich von dem Schwadroneur was wollte. Aber die Anwesenheit von Männern hat mir hier in unseren letzten Jahren gefehlt.«

Sie sah Johanna direkt an.

»Willst du mir glauben, dass ich einmal sehr attraktiv war?«

»Ja, das glaube ich dir.«

»Ich liebte das Begehren in den Augen der Männer, ich liebte den Rang, den mir das gab. Ich liebte ihre Abhängigkeit von meiner sexuellen Gnade. Ich hatte die Macht, sie in eine blinde Raserei zu versetzen. Eine Macht allerdings, die nicht sehr weit über das Schlafzimmer hinausreichte und die sich mit der Zeit verbrauchte. Und eh man sich versieht, fällt der Vorhang.«

Sie lehnte sich zurück und schloss die Augen.

Johanna schwieg.

Dann sprach Nadine wieder.

»Das ist lange vorbei. Ich weiß genau, wie ich heute aussehe, ich kenne jede Falte. Ich könnte eine hundertseitige Abhandlung schreiben über die gegenwärtige Beschaffenheit meiner mürben Haut in den verschiedenen Regionen meines Körpers. Die überlebensnotwendigen Eingriffe der Chirurgen haben mich auch nicht verschönert. Spätestens seit der Zeit, als mir eine Brust entfernt und durch ein Implantat ersetzt wurde, war mein erotisches Begehren versiegt. Den Satz ›Das macht mir nichts aus‹ wollte ich nicht hören.

Ich weiß, dass ihr meine Koketterien lächerlich findet. Unangemessen für mein Alter, für meinen Zustand und auch der heutigen Zeit nicht angemessen. Aber wenn ich gleichwohl die Kleidungen und die Frisuren der Zeit, die meine beste war, ausstellte – der Ausschnitt etwas zu tief, der Rock etwas zu kurz, der Pullover etwas zu eng –, dann honorierten das die Männer mit einem Flirtreflex, der mir guttat. Wobei ich sehr wohl wusste, dass die, die mir gefielen, mich schon lange nicht mehr für ihre große Lust einplanten. Sie gaben ein armes Honorar für ein armes Bemühen. Ein schwacher Abglanz. Das gebe ich zu.

Früher war da diese Macht, in den letzten Jahren war es immerhin noch ein erfreuliches Spiel. Sinnlos und vergeblich, aber doch ein wenig herzerwärmend.

Und komm mir jetzt bitte nicht mit dem Spruch von der unwürdigen Greisin.«

Nein, damit wollte Johanna nicht kommen, sie kam mit etwas Unerwartetem.

»Du hast mir imponiert mit deinem Wutplädoyer für das Recht der Kranken und Alten, sich unter ihr Niveau zu begeben«, sagte Johanna.

»Willst du sagen, dass du dabei bist, das Bild, das du von mir hast, zu korrigieren?«

»Ja.«

»Das ist erfreulich, kommt aber spät.«

Und leise fügte sie hinzu: »Zu spät.«
Zu spät?
Dann wurden die Gespräche unterbrochen, weil Janina erschien. Auf ihrem Servierwagen befand sich neben den Kannen für Kaffee und Tee sowie dem zugehörigen Geschirr auch die für Rungholt bestimmte Torte.

Dörtes Zimmer (inzwischen)

Flocke lehnte sich zurück und versuchte, sich auf den Film zu konzentrieren. Der Zahnschmerz kam jetzt in Wellen. Pochend schlug er hoch bis in sein Hirn. Manchmal schloss er gequält die Augen. Aber das machte die Sache nicht besser. Also starrte er immer wieder verzweifelt auf den Schirm des kleinen TV-Geräts. Aber die Bilder und Dialoge fügten sich nicht zu Informationen über den Handlungsgang.
Die Go-go-Tänzerin Cherry Darling hatte irgendwie Ähnlichkeit mit Dörte. Irgendwie? Quatsch. Hatte er schon eine verzerrte Wahrnehmung? Und dann der Krach. Dieser Film war entsetzlich laut. Was war denn da überhaupt los? Ein einziges Gezappel. Das bekam er grade noch mit: Da fanden ständig Zombie-Angriffe statt, die es abzuwehren galt. Giftgase spielten eine Rolle. Ganz falsch, dachte Flocke, Lachgas, dachte Flocke, ja, Lachgas das haben doch früher die Zahnärzte eingesetzt, gegen diesen Schmerz, diesen grässlichen Schmerz in meiner Backe! Er schaute wieder auf den Schirm. Hatten sich Lt. Muldoon und Dr. William Block auch schon in Zombies verwandelt?

Oder gehörten sie noch zu den Guten? Und warum hatte Cherry Darling jetzt nur noch ein Bein?
Dörte fand den Film offensichtlich komisch. Wenn sie besonders laut lachte, lachte er vorsichtshalber schiefmäulig ein wenig mit, aber er wusste nicht, warum. Er hatte den Faden völlig verloren.
Scheiße, die Zahnschmerzen wurden immer schlimmer. Ihm war auch ein bisschen übel.
Plötzlich war der Film zu Ende. Ihm war, als hätte der fünf Stunden gedauert.
»Wie fandste den Soundtrack?«
»Super«, sagte Flocke.

Leonies Zimmer (währenddessen)

Leonie war müde. Sie legte sich nicht in ihr Bett. Sie legte sich bekleidet auf die Liege in ihrem geräumigen Zimmer. Vielleicht würde sie gebraucht. Dann müsste sie schnell zur Stelle sein. Wofür? Um Nadine zu trösten? Ich habe keinen Trost, dachte sie. Nicht für mich. Nicht für Nadine. Nicht für Johanna. Wenn ihr nur diese verdammte Worte wieder einfielen. Denn das glaubte sie zu wissen: Wenn ihr diese Worte wieder einfielen, fiele ihr auch wieder ein, warum sie wusste, dass Johanna in den gleichen Abgrund schaute wie Nadine und sie selbst.

Dann fiel sie in einen leichten Schlaf.
Ihr träumte:
Sie verlässt die Villa, geht zum Fluss und steigt in ein Boot.

Es ist ein Ruderboot, und es wird von einem mannsgroßen Krokodil gerudert. Leonie erinnert sich an ein Paar sehr elegante Kroko-Pumps, die sie in den sechziger Jahren gerne trug. Leonie lacht böse. Das Krokodil hat Ähnlichkeit mit ihrem Onkel Friedrich. »Wie geht es meinen Eltern?«, fragt sie. Das Krokodil ist offensichtlich schlecht gelaunt. »Weiß nich«, brummt es, »ich glaub ganz gut.« Leonie wüsste gerne mehr, aber sie kommen plötzlich in eine Stromschnelle, und das Krokodil hat sichtlich Mühe, das Boot über Wasser zu halten. »Achtung! Große Gefahr!«, ruft das Krokodil. Bei jeder hohen Welle hüpft es auf seiner Bank einen halben Meter hoch, die Ruder in den Krallen. Eine Höllenfahrt ist das, aber doch auch lustig. Das Wasser schwappt ins Boot, und ihre Füße werden nass. Sie lacht und lacht und lacht, kann gar nicht mehr aufhören damit und wirft die durchgeweichten Schuhe links und rechts über Bord. Ein Floß treibt vorüber. Auf dem stehen zweiundzwanzig Matrosen stramm. Jetzt wird die Fahrt wieder ruhiger, der Fluss mündet in einen großen See. Der ist himmelblau.
»Tschüs«, sagt der Krokodil-Onkel und kippt linker Hand ins Wasser. Das ist blöd. Jetzt muss sie selbst rudern. Aber wohin soll sie rudern? Warum gibt es keine Insel. Verdammt nochmal, warum gibt es keine Insel? Es muss doch eine Insel geben. Das war die Prophezeiung. Was für eine Prophezeiung? Aber da ist keine Insel. Sie rudert im Kreis. Der See ist kreisrund, das Ufer ringsherum ein immer gleicher grüner Saum. Kein Baum, kein Strauch, kein Haus, kein Mensch. Das Rudern ist furchtbar anstrengend. Eine steilstehende grellgelbe Sonne verbrennt ihren Rücken. Sie rudert und rudert und rudert, schon bilden sich erste Bla-

sen an ihren Händen, aber sie kommt keinen Millimeter voran. Das himmelblaue Wasser ist zäh wie der zu lange gekochte Griesbrei ihrer Kindheit. Da nützt das Himmelblau ja auch nichts.

Leonie weint.

Aber nur ein bisschen.

IV

Salon (15 Uhr 17)

Auch Gewohnheiten können altern und taumeln. Hatten sich die alten Bewohnerinnen nach den Mahlzeiten, die sie zumeist gemeinsam in dem Speisezimmer einnahmen (nur Johanna hatte sich aus dieser Verabredung schon vor einem Jahr verabschiedet), bald wieder vereinzelt, waren in ihre Zimmer geeilt oder auch in die Bibliothek oder in den Salon, so zogen sich ihre Kreise jetzt immer enger zusammen. Der Salon wurde mehr und mehr zu ihrem Mittelpunkt, zu einem Ort, an dem sie sich suchten und den sie nicht mehr gerne verließen.

Leonie hatte ihn gleichwohl verlassen, weil sie sehr müde gewesen war. »Ich ruhe mich nur kurz aus, ich komme bald wieder«, hatte sie gesagt. Auch diese Rechenschaft über ihre weiteren Vorhaben war ganz unüblich.

Johanna und Nadine saßen nun schon seit 13 Uhr 45 dort im Salon beieinander. Mal sprachen sie, mal schwiegen sie.

»Kennst du das …«, fragte Nadine gerade, »… eines Tages schaust du etwas an, das dir sehr vertraut ist, eine Vase zum Beispiel, es kann auch ein Mensch sein, und plötzlich erscheint dir das, was du da gerade vor dir hast, ganz fremd, absolut fremd, als hättest du dergleichen noch nie gesehen.«

»Ja, das kenne ich, man ist dann entweder ganz bei sich oder verliert sich an eine absurde Unbestimmtheit.«
»Ist das gut, oder ist das schlecht?«, fragte Nadine.
»Weder noch«, sagte Johanna. »Ich glaube, das ist ein altes Lied, oder vielmehr eine alte Figur: Die verhangene Göttin der Wahrheit – sie ist alles, was ist, was gewesen ist und was sein wird – lässt in solchen Momenten für einen Wimpernschlag ihre Schleier fallen. Für diesen kurzen Moment wissen wir alles und nichts, beides zugleich, aber in der Regel haben wir keinen bleibenden Gewinn davon.«
Nadine lehnte sich zurück und schloss die Augen.
Johanna zündete sich eine neue Zigarette an und blies den Rauch von sich. Dann sprach sie wieder.
»Wir wachsen in eine Welt hinein und sehen uns um und sehen Sonne, Hund und Wasserklo und glauben unserer Wahrnehmung, wir vertrauen ihr, und es bleibt uns ja auch gar nichts anderes übrig; und wir denken, dass das Wahrgenommene mit Notwendigkeit so ist und nicht anders und auch immer schon so war und so bleiben wird, ein eherner Bestandteil dessen, was wir *die* Welt nennen; dann – wir sind jetzt schon etwas größer – bemerken wir, dass diese Welt sich selbst in dem winzigen Ausschnitt, den wir überhaupt nur in den Blick bekommen, permanent verändert – allzumal, wenn wir in so etwas wie einen Krieg oder eine Revolution geraten, können wir uns das nicht mehr verbergen –, aber noch immer halten wir das Existierende im Großen und Ganzen für selbstverständlich.
Jedoch in diesen Momenten, von denen du gesprochen hast, in denen uns plötzlich alles fremd wird, ahnen wir, dass nichts hienieden selbstverständlich ist und nichts mit

Notwendigkeit so existiert, wie wir es wahrnehmen, dass alles ebenso nicht oder ganz anders sein könnte.«

»Puh«, sagte Nadine.

Dann dachte sie, dass ihr solche Vorträge auch kein Gewinn mehr seien.

Küche (zur selben Zeit)

Janina grübelte. Eine Sonderbarkeit nach der anderen. So etwas war noch nie vorgekommen. Jetzt saßen doch die Verrückte, die Traurige und die Kokette bei Kaffee und Tee im Salon beisammen und redeten ohne Unterlass, und nicht nur das, sie aßen die Torte auf, die doch eigentlich für diesen Herrn von Rungholt bestimmt gewesen war. Und was sollte der nachher serviert bekommen?

Das sah sie ja schon kommen, dass man sie bitten werde, rasch loszulaufen, um irgendwelche Spezialitäten zu besorgen. Wenn das so weiterginge, würde sie von ihrer Mutter heute Abend das übliche Gezeter über ihre hausfrauliche Unfähigkeit zu hören bekommen. Am Ende dieses Gezeters stand immer der Satz: »Kein Wunder, dass es kein Mann bei dir länger aushält.« Den wollte sie nicht mehr hören. Nein, den wollte sie nicht mehr hören.

Janina schaute auf ihre Armbanduhr. Ja, die Wäsche müsste jetzt fertig sein. Sie eilte in die Waschküche, nahm die Wäsche aus der Maschine und hängte sie sorgfältig auf die Leine. Jedes Stück zupfte und dehnte sie, bevor es gestrafft über die Leine kam. Eine Maßnahme, die ihr morgen das Bügeln erleichtern würde.

Als sie nach zehn Minuten zurückkehrte, stand die Chefin in der Küche.

»Ach, da sind Sie ja, Janina. Ich habe Sie gesucht. Sie können heute früher gehen.«

Janina traute ihren Ohren nicht.

»Aber das Geschirr im Salon und …«

»Das können wir selber zurücktragen.«

»Wir haben auch kein Gebäck mehr für Herrn von Rungholt.«

»Das ist völlig unerheblich.«

Charlotte sagte das so gebieterisch, als wollte sie alle weiteren Einwände im Keim ersticken.

Seltsam, die Chefin schien es geradezu darauf anzulegen, dass sie möglichst bald verschwand.

Sehr seltsam.

Janinas Freude darüber, dass sie jetzt schon gehen konnte, viel früher, als nach all ihren Berechnungen, überstrahlte ihre Beunruhigung. Aber gleich darauf, als sie ihre Schürze an den Haken hängte und ihre Handtasche holte, klopfte eine liebevolle Fürsorge wieder an: Wäre es, so fragte sie sich in Erwägung all dieser Seltsamkeiten, wäre es nicht geboten, noch ein wenig auf die alten Frauen aufzupassen? Sie hätte jedoch nicht gewusst, wie sie die Notwendigkeit ihres fürsorglichen Verweilens über den verordneten Dienstschluss hinaus der Chefin hätte erklären sollen.

Und so ging die kleine Beunruhigung mit ihr, als Janina um 15 Uhr 32 raschen Schritts die Villa verließ.

Salon (16 Uhr 03)

»Willst du noch einen Tee?«

»Nein danke«, sagte Nadine.

Sie wirkte jetzt gefasster und war offensichtlich bereit, sich auf ein Gespräch einzulassen, ja, sie schien darin sogar eine Ablenkung zu sehen.

Nach einer längeren Redepause sagte sie:

»Da war eben einer im Fernsehen, der hat gesagt, dass diese ganze Netzwelt ein großes menschheitsgeschichtliches Experiment sei, von dem man kaum wissen könne, wie es ausgehen werde.«

»Der Mann hat recht«, sagte Johanna.

»Ich mag das alles nicht. Im Grunde interessiert es mich auch nicht. Es ist mir unheimlich. Es ist mir fremd. Es scheint mir feindlich. Es macht mir sogar Angst. Ich sehe mich als zappelndes Tier darin. Ich bin gegen dieses komische Netz. Und du?«

Die Frage galt Leonie, die hereingekommen war und sich wieder zu ihnen setzte. Sie sah nicht aus, als hätte sie der Mittagsschlaf erquickt.

»Wogegen soll ich sein?«

»Ob du für oder gegen das Internet bist.«

Aber Leonie hatte keine Chance, die Frage zu beantworten. Johanna fuhr dazwischen.

»Das ist nicht mehr die Frage«, sagte sie resolut.

»Na hör mal, ich darf ja wohl dagegen sein!«

Nadine war entrüstet.

»Ja klar«, sagte Johanna, »du kannst dagegen sein, aber nur in der Weise, wie du gegen das Wetter oder den Tod sein kannst. Es ist gut, wenn du weißt, ob du das jeweilige Wetter magst oder nicht, und du tust sehr gut daran, dir dein Verhältnis zum Tod zu verdeutlichen, soweit das möglich ist, aber diese Einsichten werden auf das Wettergeschehen oder auf deine Sterblichkeit keinen Einfluss haben.«

»Aber man muss da ja nicht mitmachen«

»Mein argloses Täubchen, du hast wirklich keinen Schimmer. Wir sind die hinfälligen Wasserstoffwesen. Das Netz hingegen ist von einer teuflischen Zählebigkeit. Es wird sich unsere Endlichkeit verspottend weltumspannend ausdehnen, sich unaufhaltsam verästelnd stetig erweitern bis hinein in die verborgensten Winkel aller Kontinente. Auch die Netzungläubigen werden eingeschmolzen in seine Algorithmen, und es wird sich – darin liegt die eigentliche Teufelei – taktgebend hineinfressen in die Hirne und die Seelen der Menschen, sich verzwirbeln in jedwede Lebensfaser. Die Menschheit im Rausch der allgegenwärtigen Unmittelbarkeit. Du hast es zu tun mit einer Turbohydra, da hilft kein Dagegensein. Es entsteht, unabwendbar, eine parallele Welt, deren Existenz gleichwohl das analoge Leben durchdringen und am Ende absolut dirigieren wird. Cyberimpulse werden die Taten lenken, der Cyberjargon die Reden prägen, die Erzählungen der Zukunft werden automatisierte digitale Selbstläufer sein, die Finanzströme unterstehen schon jetzt dem Cyberdiktat. Aber das sind nur die scheinbar friedlichen Aspekte. Es gibt auch andere. Die Cyberkriege haben schon begonnen, und die Cyberterroristen sind längst unterwegs.«

»Cyberkriege?«, fragte Nadine. »Ich weiß zwar nicht, was das ist, aber ich bin sicher, da liegt ein weiterer Grund, warum es gut ist, nicht mehr lange zu leben.«

Jetzt kehrte auch Charlotte zurück. Ihre grimmige Miene ließ vermuten, dass ihre Besprechung mit dem Banker unerfreulich verlaufen war.

»Worüber sprecht ihr?«

»Über die Cyberhydra«, sagte Nadine klamm.

Charlotte runzelte unwillig die Stirn. Sie hatte offensichtlich andere Sorgen.

»Über die Gefahren des weltweiten Netzes«, erläuterte Johanna.

Charlotte schaute sie grimmig an.

»Das sind ja ganz neue Töne aus deinem Mund. Ich erinnere mich an deine feurigen Lobreden auf WikiLeaks. Endlich würden diese ganzen militärischen Schweinereien der Amis aufgedeckt und die Geheimarchive durchlüftet. Wie hast du doch getönt: dass dort in der Netzkommunikation die Chancen lägen für die Hörbarkeit von Volkesstimme und die längst fälligen Tyrannenstürze in vielen Ländern?«

Johanna machte eine abwehrende Bewegung, aber Charlotte war in Fahrt:

»Woher kommt denn der Sinneswandel? Im Übrigen: Du musst dich gerade kulturpessimistisch aufplustern, ausgerechnet du. Für wen waren denn die drei Pakete, die heute postalisch angeliefert wurden? Für die Netzphobikerin Johanna! Wer weiß, womit du den digitalen Handel wieder befeuert hast. Letzte Woche waren es, wenn ich mich recht erinnere: zwölf E-Books, eine Hühneraugencreme, ein Fusselrasierer und zwei Strumpfhosen.«

»Das ist ja interessant, dass du meine Einkäufe kontrollierst«, sagte Johanna, ein wenig erschrocken. So hatte Charlotte noch nie mit ihr gesprochen.

Charlotte setzte nach:
»… um von deinen Facebookumtrieben als ›Eduard, der Graphiker‹ gar nicht zu reden.«
»Ich sehe mich als teilnehmende Beobachterin, das ist ein Fachausdruck der soziologischen Feldforschung, wie du vielleicht weißt.«
»Ja, und die dümmste Ausrede, die es gibt.«

Draußen

Draußen am Ufer hatten junge Leute – die meisten in helles Leinen gewandet, die Frauen in weiten, weißen, wadenlangen Kleidern – begonnen, Decken auszulegen und Instrumente auszupacken: diverse Flöten, eine Laute und eine Art Fidel. Ein Säugling schlief in einem Korbwagen. Ein Mann jonglierte, zwei Jungen verfolgten ein Mädchen, sie liefen um die Bäume, bald erwischte der eine sie, ihr Gelächter trug der Wind davon.
»Eine Idylle aus dritter Hand. Wiedersehn in Brideshead«, kommentierte Johanna. »Gelebter Kitsch. Ich könnte mich vollkotzen.«
»Lass sie doch«, sagte Leonie.
»Musst du dich immer so drastisch ausdrücken?«, sagte Charlotte. »Und im Übrigen, nach dieser Maßgabe ist unsere Daseinsform auch schon gelebter Kitsch.«

Dörtes Zimmer (15 Uhr 23)

»Nochn Film?«, fragte Dörte.
Flocke schüttelte gequält den Kopf.
»Hast ja recht«, sagte sie.
Sie lehnte sich zurück auf ihr Bett, verschränkte die Arme hinter ihrem Kopf, winkelte ein schönes Bein an und betrachte Flocke mit gesenkten Augenlidern.
Fuhr sie auch mit der Zunge kurz über ihre Lippen?
Nein.
Ihre Haltung hätten die alten Damen als lasziv bezeichnet.
Ein Wort, das sich in Dörtes Wortschatz nicht befand.
Wahrscheinlich hatte sie diese Haltung einmal in einem Film gesehen.
Dörte betrachtete Flocke. Eigentlich sah der ja nicht schlecht aus. Man müsste den Kerl lockern, zurechtbiegen.
Vielleicht sollte man ein bisschen Spaß haben.
Vielleicht sollte man mit Flocke ein bisschen Spaß haben, ein wenig casual sex?
Warum eigentlich nicht?
Ja, warum eigentlich nicht?
Zu diesem Punkt war Dörte offensichtlich gekommen.
Der Junge war im Bett sicher keine Rakete, aber …
Ihr Sehnen schwang noch einmal zurück zu Freddie …
Dörte langweilte sich.
Mal sehn, was geht.
Flocke machte auf sie jetzt einen außerordentlich verkrampften Eindruck.
Wahrscheinlich hatte der mächtig Druck. Der würde ja gleich vom Hocker fallen, so verkrampft, wie der war.

»Hey. Willste nich hier rüberkommen?«
Flocke durchfuhr es heiß. Leider verstärkte die Hitzewelle auch sein Zahnweh. Verdammt. Er stand auf. Wie oft hatte er das erträumt. Es drängte ihn zu ihr. Seine Knie waren etwas weich, sein Geist eilte voran und schuf das Bild, wie er – der unzeitgemäße Romantiker – sich sacht zu ihr legen und an sie schmiegen würde, sie dicht an sich ziehen und zärtlich … Stattdessen fiel er plump in ganzer Länge über sie her.
Dörte wunderte das nicht. Es war zwar etwas heftig, aber schließlich: Der Mann war jetzt da, wo er immer schon hinwollte. Sie hielt die Sturzaktion für das Resultat einer hochschäumenden sexuellen Gier. Einen Dammbruch.
Er tastete nach ihrer Brust, legte aber den Kopf von ihr abgewandt auf das weiche Kopfkissen. Einen Zungenkuss, das meldete seine inzwischen halbzugeschwollene Mundhöhle, würde er im Moment nicht bringen. Er war sich nicht sicher, ob er überhaupt etwas bringen würde.
Es klopfte.
Dörte schnellte hoch und stieß dabei mit ihrem Ellbogen gegen seinen Kopf. Flocke kippte zur Seite und stöhnte. Dörte knöpfte den oberen Knopf ihrer Bluse zu (weiter war Flocke nicht gekommen), setzte sich artig auf die Bettkante, fuhr sich durch die kurzen Haare und rief: »Herein.«
Das Bild, das sich Charlotte bot, als sie das Zimmer betrat, war uneindeutig. Sie wies auf Flocke, der immer noch gekrümmt auf dem Bett lag und einen gurgelnden Laut von sich gab, und fragte:
»Was ist mit ihm?«
»Keine Ahnung. Der is irgendwie neben der Spur.«
Flocke, der sich mühsam hochstemmte, nuschelte:

»Zahnweh.«

»Das ist ja nicht anzusehen. Warum gehen Sie nicht endlich zum Zahnarzt? Das habe ich Ihnen vorhin schon empfohlen.«

Ein scharfer Ton.

»Ich habe den Termin verpasst«, eine matte Reaktion.

»Gehen Sie trotzdem hin. Sie sind eindeutig ein Notfall.«

Auch jetzt war in Charlottes Stimme viel von einem Befehl.

Flocke kämpfte sich mühsam in die Vertikale.

Er war jetzt nur noch Automat. Er würde Charlottes Befehl gehorchen.

Dörte schaute verwundert zu Charlotte. So finster hatte sie ihre Großmutter noch nie erlebt.

»Tschüs«, sagte Flocke und wankte zur Tür.

Ein kläglicher Abgang.

Das hatte Flocke nicht verdient. Nein, das hatte Flocke nicht verdient.

Charlotte bemerkte das, er tat ihr leid, noch mehr als zuvor, aber sie sah keine Möglichkeit, ihm zu helfen, und zudem: Sie hatte ganz andere Sorgen.

Als die Tür hinter Flocke zuschlug, wandte sie sich zu Dörte. Sie hatte noch immer diesen scharfen Befehlston, der nicht zu dem passte, was sie jetzt sagte:

»Weil du dich in letzter Zeit so gut gehalten hast, bekommst du heute Abend Ausgeherlaubnis. Ich werde in die Nacht hinein bis mindestens zwei Uhr arbeiten. Da du keinen eigenen Schlüssel hast, solltest du dich um diese Uhrzeit wieder einfinden.«

Dörte konnte ihr Glück nicht fassen. Noch bevor Charlotte den Raum verlassen hatte, hing sie an ihrem Smartphone, um erste Verabredungen zu treffen.

Sie nahm das böse Lächeln nicht wahr, das Charlottes Gesicht entstellte.

Salon (17 Uhr 13)

Charlotte hatte sich vorübergehend zu ihren drei Freundinnen gesellt, aber sie, die immer so Zielstrebige, war ruhelos. Mehrmals war sie aufgestanden, um mit übertrieben energischen Bewegungen irgendetwas zu holen oder zu ordnen. Sie rückte einen Sessel in eine andere Position, sortierte die Zeitungen um, verschob einen Vorhang etwas … Ja, sie war nervös, aber sie suchte das vor den anderen zu verbergen, indem sie ihren sinnlosen Tätigkeiten den Anschein des Zweckmäßigen gab. Immer wieder schaute sie auf ihre Armbanduhr.

Jetzt schreckte sie auf.

Die Türklingel!

Sie erhob sich. Sie streckte sich zu ihrer immer noch imposanten Größe. Sie strich ihren Rock glatt. Sie fuhr sich mit wenigen ordnenden Handbewegungen in die Haare. Sie ging zur Tür. Gerade Haltung. Entschlossene Schritte. Sogar ihre Gesichtshaut hatte sich gestrafft und spannte über den Wangenknochen. Um den Mund lag ein bitterer Zug. In der Tür wandte sie sich noch einmal um.

»Das wird Rungholt sein, ich gehe mit ihm in die Bibliothek, ihr könnt also hierbleiben. Bitte stört uns nicht.«

Ihre Stimme war rau.

Sie verließ den Raum.

Sie hinterließ ein Staunen.

Johanna schüttelte den Kopf.
»Was war das denn? Bitte stört uns nicht? Warum sollten wir sie stören? Nie haben wir sie bei irgendetwas gestört. Und seit wann redet sie mit uns in diesem Anweisungston?«
Leonie unternahm einen müden Versuch der Schlichtung, um die Spannung abzubauen, die die Luft elektrisierte.
»Sie ist ein bisschen nervös, seit sie auf der Bank war. Sie macht sich Sorgen.«
Johanna lachte humorfrei.
Klang ihre Stimme bei ihren folgenden Worten schrill? Hatte sie die Schärfe ihrer Unerhört-Rufe?
»Mag ja sein, dass Charlotte sich sorgt. Aber es muss mehr dahinterstecken als ein paar überhöhte Rechnungen oder ein sinkender Aktienkurs. Hier geht etwas vor. Und es ist nicht gut. Sie hat Janina nach Hause geschickt. Lange vor Dienstschluss. Und als ich eben ins Bad ging, ist dieser komische junge Mann panisch an mir vorbeigaloppiert, wie von Furien gehetzt, und als ich wieder herauskam, stürmte Charlottes Enkelgöre zum Ausgang. Die Ratten verlassen das sinkende Schiff. Habt ihr es nicht bemerkt? Da ist etwas im Gange!«
Johanna war sich in dieser Orakelei plötzlich selber peinlich. Sie rettete sich wie so oft in die Übertreibung.
»Da ballt sich etwas zusammen! Und zwar nicht nur hier bei uns, nein, ganz allgemein. Hagel und Sturm, die Meere steigen auf, Dürren überziehen verwüstete Länder, die Seuchen und die Heuschrecken kehren zurück. Die Natur rächt sich an der Dummheit und Selbstüberschätzung der Hominiden.«
Nadine lachte unecht.
»Ja«, rief sie und richtete sich auf, »ja, die Endzeit ist an-

gebrochen«, aber sie sank sogleich wieder in einen tiefen Sessel. Was als Parodie des Alarms, in dem sich Johanna zu gefallen schien, gedacht war, ging über in echte Panik. Nadine wirkte erschöpft. Sie war sich nicht sicher, wie ernst es Johanna mit ihren düsteren Meldungen war. Sie suchte sich zu beruhigen.

Der Blick aus dem Fenster aufs friedliche Flussufertreiben im Glanz des Sonnentags sollte ihr Ablenkung, Frieden und die Vergewisserung harmloser Alltäglichkeit bringen. Er bewirkte das Gegenteil.

Draußen vor der weißen Villa

Wenige Schritte flussabwärts, aber noch in Sichtweite, gab es einen Spielplatz. Dort hatten Kinder einen hohen kegelförmigen Sandhaufen errichtet. Was immer das einmal hatte werden sollen – eine Pyramide vielleicht? –, die Kleinen waren mit ihrem Werk nicht fertig geworden. Unvollendet und etwas schief stand er, der große Sandhaufen, verlassen da. Ein blaues Schäufelchen war vergessen worden. (Nadine glaubte zu sehen, wie ein kleines blondes Mädchen wegrannte.)

Horror! Ein Schauder durchlief Nadine. Urweltlich. Magma, dachte Nadine – und sie musste sich beherrschen, das Wort Magma nicht laut hervorzustoßen –, Magma, glühendes Magma, gleich, dachte sie, gleich wird es die Kegelspitze sprengen und herausschießen und alles Leben im Umkreis von vielen Kilometern verbrennen, ersticken und …

Viele Jahre ihres Lebens hatte Nadine in der Kegelform nie

etwas anderes sehen können als einen Vulkan. In dieser Zeit hatte sie oft (fast täglich) an Vulkane gedacht, von ihnen geträumt, und sobald sie sich nicht scharf kontrollieren konnte, hatte sie überall Vulkane gesehen. (So wie gerade jetzt wieder.)

Fiel ihr Blick – aber das war doch lächerlich! – auf eine harmlose dörfliche Kirchturmspitze, war sie sicher, dass aus ihr schon im nächsten Augenblick das glühgiftige Erdinnere machtvoll hervorquellen würde. Wie in einem zu schnell laufenden Film glaubte sie sehen zu können, wie sich verzweigende rotgoldene Glutströme todbringend über alles ergössen und die menschlichen Leiber für immer erstarren ließen. Aschefigurinen in einer banalen Geste zu ewiger Unbeweglichkeit verdammt.

Diese zwanghafte Ausrichtung ihrer bösen Schlaf- und Wachträume musste nicht verwundern. Ihr Vater, ein Geologe, war 1951 bei dem Ausbruch des Vulkans Lemington mit etwa dreitausend anderen ums Leben gekommen. Da war Nadine zehn Jahre alt gewesen und hatte Mühe gehabt, sich diese Ungeheuerlichkeit ins Bewusstsein zu holen. Unter einem Vulkanausbruch konnte sie sich zunächst nicht viel vorstellen. Die Erklärungen der Erwachsenen waren sehr abstrakt gewesen. Ein Berg war explodiert. So hatte sie sich das veranschaulicht. Knall und Schall, Donner und Blitz, ja sogar ein lauter, unerwarteter Ton, ein explosiv hervorgestoßenes Wort, all das hatte sie fortan erschreckt.

Aber erst ein paar Jahre später, als sie in einem Buch über die Ausgrabungen von Pompeij und Herculanum die Abbildungen der in einer alltäglichen Bewegung fixierten Menschenleiber gesehen hatte, war sie der wahren Natur des Grauens näher gekommen.

Daraufhin war sie, einer therapeutischen Verordnung folgend, dorthin gereist und hatte die Fundorte besichtigt. Sie hatte diese Reise mit Mühe, aber auch mit Haltung überstanden.

Ins Pathologische hatten sich ihre Ängste erst gesteigert, als sie erfuhr, welche Überraschung der Ausbruch des Lemington im Jahr 1951 gewesen war. Niemand, auch die Fachleute nicht, hatte in dem Berg bis dato einen Vulkan vermutet. (Aber warum hatte ihr Vater sich dort herumgetrieben? Hatte er eine Vorahnung? Oder ein einsames Wissen?)

Da kann ja jeder Hügel todbringend sein, hatte sie gedacht. Und von dieser fixen Idee – wenn es denn eine war – konnten sie auch gelehrte Einwände nicht mehr abbringen.

Die inneren Bilder von einer explosiven Natur waren immer bedrohlicher geworden.

In dieser Not hatte sie selbstverordnet ihr Heil in der Antinatur der Modewelt gesucht und weitgehend gefunden, in deren Künstlichkeit, allein den Gesetzen des Zeitenwandels unterworfen. Das galt für die Dauer ihrer Berufstätigkeit und noch lange darüber hinaus. Zwar hatte sie sich weiterhin vor den Gewittern gefürchtet, war an Silvester mit Ohrstöpseln um 22 Uhr ins Bett gegangen – nicht ohne zuvor noch ein starkes Schlafmittel eingenommen zu haben – und hatte auch die Feuerwerke zu anderen Gelegenheiten gemieden, aber im großen Ganzen hatten sich ihre Ängste in den letzten Jahrzehnten auf ein alltagstaugliches Maß verringert.

Bis zu diesem Rückfall, jetzt, da die Vulkane in ihr selbst ausbrachen.

V

Salon (17 Uhr 21)

Johannas unheilvolle Verheißung hatte sich wie eine schwarze Glocke über die alten Frauen gesenkt und ließ sie schweigen und lauschen auf die Geräusche im Nebenraum.

Salon und Bibliothek waren ursprünglich mit einer großen Flügeltür verbunden gewesen. Diese Tür war vor einigen Jahren entfernt worden, und man hatte die Öffnung mit einer hölzernen Platte geschlossen, um auf der Bibliotheksseite etliche Regalmeter für die sich stetig mehrenden Bücher zu gewinnen. Das erklärte die Hellhörigkeit.

Und so hörten sie, nachdem Charlotte den Besucher in die Bibliothek geführt hatte, gedämpft, wie Stühle gerückt wurden, und bald darauf drang auch das Gemurmel der Unterredung zu ihnen. Aber so angestrengt sie auch lauschten, die einzelnen Worte konnten sie nicht verstehen. Bald gaben sie es auf und sanken matt zurück in sich selbst.

Getragen von dem schwachen Auf und Ab des benachbarten Gemurmels, schaukelten sie sich – schläfrig und überspannt zugleich – in allerlei Befürchtungen hinein, die aber bis auf Nadines imaginäre Vulkanausbrüche dunkel und nebelhaft blieben. Wie ängstliche Tiere hatten

sie sich – verlassen von ihrer Leitfigur – in die mächtigen Sessel verkrochen.
Es war mehr als eine Viertelstunde so vergangen, als sich Leonie aus dem umwölkten Dämmerzustand löste. Sie stand auf und sagte resolut:
»Ich gehe in die Küche und mache mir noch einen Kaffee, habt ihr irgendwelche Wünsche?«
»Ja«, sagte Johanna, bevor sie weitersprach, brachte sie sich in eine aufrechte Sitzposition, »Janina hat da irgendwo eine Flasche Grappa rumstehen, die kannst du mir mitbringen.«
»Um diese Uhrzeit?«
Leonie war verwundert. Dann zuckte sie mit den Achseln. »Warum eigentlich nicht? Also keinen Kaffee.«
Nach einer kurzen Pause sagte sie:
»Eigentlich will ich auch keinen Kaffee. Heute lassen wir die Regeln sterben. Ich hätte Lust auf einen guten Rotwein.« Sie wandte sich an Nadine: »Und für dich? Noch einen Tee?«
Auf Nadines Gesicht zeichneten sich rote Flecken ab.
»Ich will auch Rotwein«, rief sie. »Oder nein, warte« – sie ballte die Fäuste in Brusthöhe wie ein aufgeregtes kleines Mädchen vor einer Mutprobe –, »bring uns Champagner. Ja, Mädels, lasst uns Champagner trinken.«
Ihr Ausruf irrlichterte zwischen Kampfansage und Hysterie.
Johanna lachte. »Ich bleibe bei Grappa. Ich brauche starken Stoff.«
Leonie wollte sich nicht mehr wundern und verließ den Salon, bereit, die gewünschten Alkoholika auf einem Servierwagen zu versammeln.

Zweifellos: Es war die Zeit starker Umschwünge. Die Stimmen wurden schriller, die Gesten fahriger.
Hätten sie weiterhin darauf geachtet, so hätten sie bemerken können, dass auch die Töne, die aus der Bibliothek drangen, lauter und härter geworden waren.
Zu den Umschwüngen gehörte Nadines wachsende Zutraulichkeit. Die Scheu, die sie die letzten Jahre in der Gegenwart von Johanna empfunden hatte – wie vor einem fremdartigen Geschöpf mit unwägbaren Reaktionen –, hatte sich verflüchtigt. Die besondere Angst, die sie seit ihrem Arztbesuch beherrschte, blamierte solche – lebensbegleitenden – Ängstlichkeiten. Nein, vor einem Menschen – wie sonderbar und unnahbar er erscheinen mochte – musste sie keine Scheu mehr haben, da kannte sie Schlimmeres.
Als hätte Johanna diese neue Zutraulichkeit erspürt: »Bin im Grunde herzensgut«, sagte sie. Und in Nadines Erstaunen erklärte sie: »Das singt Ritter Blaubart in der deutschsprachigen Version der Offenbach'schen Operette, nachdem er acht Frauen ermordet hat.«
Nadine lachte. Und das war doch auch schon etwas.
Sie legte ihre Hand auf Johannas Unterarm.
»Als hätte sich ein Schalter in mir umgelegt, nach dem heutigen Arztbesuch. Ich sehe alles mit neuen Augen. Und die Welt hat fremde Kleider. Es ist phantastisch und hyperreal zugleich. Berauschend wäre diese neue Schau auf jedes und alles, wenn ich auch mein Leben neu beginnen könnte. Ein Alb ist sie, wenn sie sich zur Zeit des Abschieds aufdrängt. (Man weiß ja nicht einmal mehr, wovon man sich verabschiedet.)«
Bevor sie weitersprach, studierte sie Johannas Gesicht, ob

sich nicht ein ironischer Zug darin fände. Aber da war nur Interesse.

»Manchmal lähmt mich eine gewalttätige Apathie, und schon im nächsten Moment bin ich nur noch Alarm. Ich war ein Leben lang perfekt im Ausblenden von Bedrohlichkeiten jeder Art. Bitte kein Vulkanausbruch zu meinen Lebzeiten! Bitte erspart mir die Nachricht davon! Ich war eine idiotische Priesterin des positiven Denkens. Ich hatte meine intellektuelle Sehkraft um fünfzig Prozent gesenkt.«

»Geht das?«, fragte Johanna.

»Ja, das geht.

Wenn die horriblen Nachrichten unüberhörbar wurden, wusste ich sie abzuwehren, indem ich mich zur Verächterin des Krisengeschwätzes aufplusterte: Bitte erspart mir die Rede von der Klimakrise, der Finanzkrise, der Wirtschaftskrise, der Energiekrise – bleibt mir vom Leibe mit alldem.

So viele Katastrophen wurden in Aussicht gestellt. Jetzt kommen nahezu täglich neue ins Geschwätz. Habt ihr nicht vorhin von Cyberkriegen gesprochen? Ich tue sie zu den anderen, den Religionskriegen, den Kriegen ums Wasser, den Kriegen ums Öl, ach, du liebe Güte, da sind ja auch noch die modernen Völkerwanderungen und die Hungersnöte und nicht zuletzt die atomare Gefahr …

Jede Warnung und jede Katastrophe hatte ein Mediengeschwätz auf den Fersen, jeder Krise folgte dieses unerträgliche Geschwätz, jede Katastrophe fern und nah zeitigte dieses Geschwätz. Das machte es mir leicht. Die Intervalle zwischen den Meldungen wurden immer kürzer. Aber sie waren ebenso schnell vergessen. Weißt du, das war immer so ein Rhythmus: Alarm – Geschwätz –

Amnesie. Ein übler Dreisprung. Das, so glaubte ich, gäbe mir ein Recht auf Ignoranz.
Schließlich rangierte der bedrohliche Atompilz einträchtig neben dem bedrohten Baumweißlingkäfer in den Kammern meiner Verdrängung. Nur die Vulkanausbrüche konnte ich nie ganz ausblenden.
Aber jetzt, da die üble Nachricht, die gezielt mich betrifft, mein Denken und Fühlen beherrscht, klagen auch alle anderen Bedrohungen ihr Recht auf Beachtung ein, alle zugleich wie in einem gewaltigen Akkord. Jetzt, da meine eigene Vernichtung ansteht durch den wuchernden Feind in mir, jetzt, o Gott, ja, jetzt ist der Vulkan in meinem Kopf als Strafe für meine Ignoranz.«
Nadine legte ihren Kopf in die Hände, als würde er ihr zu schwer werden unter diesem Katastrophenansturm.
»Sag mir bitte, ob das schon der Irrsinn ist …«
Johanna versuchte, Nadines Seelenstürme durch Überbietung zu mildern, das hatte bei anderer Gelegenheit geholfen.
»Nein, du bist nicht irrsinnig, jedenfalls nicht mehr als wir alle hier, allerdings hast du die Sonnenturbulenzen und die anstehenden Asteroideneinstürze vergessen.«
Es half nicht.

Salon (17 Uhr 49)

Leonie kam zurück. Auf dem Servierwagen, den sie vor sich her schob, stießen die vielen Gläser und Flaschen leicht aneinander und verursachten ein zartes Geläut.

»Na, geht es noch immer um eschatologische Verkündigungen?«

»Ja. Und du, bist du ganz frei von solchen Ängsten?«

»Ja«, sagte sie, »seit ich die Menschen, die ich liebte, verloren habe, fürchte ich mich nicht mehr. Schlimmer konnte es für mich auf diesem Planeten nicht kommen.«

Sie hatte das jedoch sehr erregt gesagt und bei jeder Silbe die Champagnerflasche in ihren Händen geschüttelt. Da sie die Aluminiumfolie vom Flaschenhals und den Haltedraht schon entfernt hatte, schoss der Korken steil heraus und traf einen der geschweiften Arme des elektrifizierten klassizistischen Deckenlüsters. Der geriet gewaltig in Schwingungen, und sein aufwendiger, eleganter Glasprismenbehang wurde so durchgeschüttelt, dass viele der blüten- und tropfenförmigen Kristalle herunterprasselten und dort, auf dem Parkett, in alle Richtungen versprangen.

Nadine kicherte hysterisch.

»Du hast Charlottes Lüster ramponiert«, sagte Johanna trocken.

Das unfreiwillige Leuchterattentat hatte Leonie, die wohl doch nicht so katastrophenfest war wie behauptet, völlig aus der Fassung gebracht.

»Zauberlehrlinge«, schrie sie unvermittelt, »die Menschen sind erbärmliche Zauberlehrlinge, Zwerge auf der Flucht vor den eigenen Erfindungen: Noch wissen sie nicht wohin mit dem atomaren Müll, schon müssen sie sich vor der Machtübernahme der Automaten fürchten und vor dem …«

»Beruhige dich bitte, du hast keine Kernschmelze eingeleitet, du hast lediglich eine Lampe abgeschossen«, sagte Johanna.

Zeitgleich mit Leonies schrillem Ausbruch waren auch die Laute, die aus der Bibliothek zu ihnen kamen, immer durchdringender und schärfer geworden. Jetzt konnten sie sogar die einzelnen Worte verstehen.

»Also ist es wahr, antworten Sie gefälligst«, hörten sie Charlottes Stimme.

Die Antwort Rungholts konnten sie nicht verstehen. Er musste jedoch irgendetwas gesagt haben, denn Charlotte reagierte im Ton höchster Empörung:

»Das ist ja unglaublich!«

Auch jetzt kein Laut von Rungholt. Er redete offensichtlich sehr viel leiser.

Dann sprach Charlotte, nein, sie sprach nicht, sie schrie:

»Sie geben es also frech zu!«

Erneut war die Antwort, wenn es denn eine gab, nicht zu verstehen.

Für einige Minuten war es ganz still geworden im Nebenraum.

Die drei Lauscherinnen sahen sich fragend an. Fiel die Antwort Rungholts diesmal länger aus? Oder war das Gespräch wieder in ein ruhigeres Fahrwasser geraten?

In den nächsten Minuten übertönten das mächtige Geläut des Doms alle Geräusche.

Kaum war es verklungen, überraschte sie ein dumpfes Poltern.

»Hoppla«, sagte Johanna.

Wieder lauschten sie angestrengt, konnten aber nichts mehr hören.

Stille.

Und wieder waren sie ratlos.

Salon (18 Uhr 03)

Bevor sie erwägen konnten, ob man da vielleicht einmal nachsehen müsste, erschien Charlotte in der Türe. Sie hielt einen Schürhaken aus Schmiedeeisen in der Hand. Das sah gefährlich aus und ließ nichts Gutes ahnen.

»Was ist passiert?«, fragte Johanna.

»Ich habe Rungholt erschlagen«, sagte Charlotte.

»Ach, du liebe Güte«, sagte Johanna.

(Ein schwacher Kommentar.)

»Heiliger Bimbam«, sagte Nadine.

(Das war auch nicht besser – so etwas sagte man in den fünfziger Jahren, wenn ein Kompottschüsselchen heruntergefallen war.)

Leonie schlug die Hände vors Gesicht und sagte gar nichts.

(Das war angemessen.)

Johanna fragte: »Wie hast du …?«

Charlotte hielt den Schürhaken in die Höhe.

(In dieser Haltung glich sie einer Gorgo.)

»Du hast ihn eigenhändig erschlagen?«, fragte Johanna.

»Wie ich schon sagte: Ein einziger Hieb direkt an die Schläfe, und er fiel vom Stuhl. Ich wusste gar nicht, dass ich so etwas kann.«

Johanna fragte weiter: »Bist du sicher, dass er tot ist?«

»Ja, ich habe ihn untersucht. Kein Puls, keine Augenr…«

Langsam hatte sich das Gehörte in den Hirnen der drei Freundinnen zu einer schockierenden Nachricht gefestigt.

Johanna sprang auf.

Nadine stieß einen seltsamen gurgelnden Laut aus.
Leonie schlug wieder die Hände vors Gesicht.
Nach einer kurzen Atemlosigkeit kam das Entsetzen zu Wort, und sie sprachen hochgradig erregt alle drei gleichzeitig oder leicht versetzt.
Ein Außenstehender hätte kaum noch etwas verstanden.
»Himmel«, sagte Johanna.
»O Gott«, sagte Leonie.
»Das glaube ich nicht«, sagte Nadine.
»Hast du wirklich … hast du wirklich ›erschlagen‹ gesagt?«, fragte Leonie.
»Ja.«
»Das glaube ich nicht«, sagte Nadine nochmals.
»Bist du sicher, dass er tot ist?«, fragte Johanna nochmals.
»Ja.«
»Das glaube ich nicht«, sagte Nadine.
»Aber warum?«, fragte Leonie.
»Ich glaub das nicht«, sagte Nadine abermals, als habe sie keine anderen Worte mehr.
»Du hast ihn wirklich getö…« Leonie konnte das nicht aussprechen.
»Wie?«, fragte Johanna.
»Ich sagte es schon. Mit dem Schürhaken. Ein wuchtiger Hieb direkt an seine Schläfe. Er war sofort tot. Ich habe gestaunt.«
»Ist er wirklich tot?«, fragte Johanna zum dritten Mal.
»Ja.«
»Warum, um Gottes willen, warum hast du das getan?«
»Es musste wohl sein.«
»Hat er dich angegriffen?«
»Nein, jedenfalls nicht tätlich.«

»Das ist ein Witz«, sagte Johanna, sie sah aber nicht belustigt aus.
Nadine hatte einen Schluckauf.
Dann war es still.
Dann prasselten kurz nacheinander noch drei Kristalltropfen von dem ramponierten Leuchter auf das Parkett. Ihr Aufprall wirkte wie eine kleine Detonation.
Dann knarrte das Parkett müde.
Nadine wimmerte leise.
Johanna war die Erste, die sich wieder etwas fasste: »Warum, um Gottes willen, warum hast du das getan?«
Noch bevor Charlotte antworten konnte, sagte Nadine: »Wir haben deinen Lüster abgeschossen.«
Darauf ging Charlotte nicht ein.
Verständlich.
Sie stand immer noch in der Türe, den Schürhaken in der Hand. Furchteinflößend.
»Leg bitte das Ding weg«, sagte Johanna.
Charlotte warf den Schürhaken achtlos in den Raum.
Dort lag er nun inmitten von Blüten und Tropfen aus geschliffenem Kristall, die das schräg hereinfallende Sonnenlicht funkelnd in seine Spektralfarben zerlegten.
»Setz dich, du bist sicher erschöpft und ganz durcheinander«, sagte Leonie.
»Ich bin nicht erschöpft und keineswegs ›durcheinander‹. Ich war in meinem ganzen Leben noch nicht durcheinander, wie du das nennst.«
Johanna wiederholte ihre Frage: »Warum hast du das getan?«
»Der Kerl hat mein ganzes Vermögen veruntreut, komplett zum Verschwinden gebracht, meine Unterschrift

mehrfach gefälscht, mit den übelsten Tricks Unsummen in die eigene Tasche gewirtschaftet, verdeckt, verschoben, verschleiert …«
Charlotte setzte sich.
»Gebt mir bitte eine Zigarette.«
Charlotte fischte sich in aller Ruhe eine Zigarette aus der Packung, die Johanna ihr hinhielt, und zündete sie an. Da war nicht die mindeste Erregung in ihren Bewegungen, kein Zittern, keine Unsicherheit, nichts.
»Und du hast die ganze Zeit nicht bemerkt, was der Kerl da trieb?«, fragte Leonie.
Zum Erstaunen ihrer Freundinnen wirkte Charlotte auch bei der folgenden Erklärung sehr ruhig.

Salon (fortlaufend)

»Rungholt hat mich seit über fünfundzwanzig Jahren in allen finanziellen Angelegenheiten beraten. Er hat das in früheren Zeiten zuverlässig und kompetent getan. Soll heißen: Er hat mein Vermögen umsichtig vermehrt. Ich musste nie einen seiner Vorschläge bereuen. Selbstverständlich habe ich ihn angemessen entlohnt. Selbstverständlich hatte ich immer ein scharfes Auge auf ihn. Selbstverständlich, ich bin ja keine Idiotin.
Bis auf die letzten acht Jahre. Ich war sehr beschäftigt mit dem Umbau der Villa. Auch die ständigen Querelen mit meinem Sohn und meiner Schwiegertochter haben mich abgelenkt … Und als mir einige der Transaktionen, die Rungholt in die Wege leitete, doch etwas dubios erschie-

nen, hat er ihre Unumgänglichkeit mit den veränderten Usancen des Finanzmarktes begründet, da gäbe es neue Regeln, da gelte es neuerdings, geschickt und verdeckt und auch auf ungewöhnlichen Wegen das Geld zu sichern und wenn möglich zu vermehren und so weiter.«

Charlotte drückte die Zigarette auf dem dünnwandigen Porzellan einer Untertasse aus. Das hätte sie in ihrem vorhergehenden Leben nicht getan.

»Du hättest auch jetzt noch Buchprüfer auf seine Spuren setzen und ihn verklagen können«, sagte Johanna.

»Nein, er war auf dem Sprung in ein fernes Land, den gefälschten Pass schon in der Tasche. Dort wollte er mit der fünfunddreißig Jahre jüngeren Nutte, die ihm das Hirn vernebelt hat, ein bequemes Leben einleiten. Als er bemerkte, dass ich ihn durchschaute, hat er mir all das kalt ins Gesicht gesagt. Da war ein Schlag fällig und nötig.«

Charlotte nahm einen kräftigen Schluck Rotwein aus Leonies Glas. Sie hatte ihren Irrtum rechtzeitig bemerkt, aber nicht korrigiert.

»Aber das ist doch kein Grund für einen Mord«, sagte Nadine.

»Da ist es ja, das böse, böse Wort, auf das ich schon die ganze Zeit warte. Soso, du findest also, dass das kein hinreichender Grund für einen Mord sei. Darf ich mal fragen, wie es mit deinen Einkünften steht?«

»Ich bin völlig pleite«, sagte Nadine, »das weißt du doch.«

»Johanna, kommen bei dir noch Gelder vom Verkauf deiner Bücher?«

»Nein.«

»Dann werdet ihr also zukünftig von Leonies kärglicher Witwenpension leben müssen.«

»Die Villa?«, fragte Nadine ängstlich.
»Verkauft an ausländische Investoren.«
Charlotte schaute ihre Freundinnen nachsichtig an, so wie man unverständige Kinder betrachtet.
»Ich war nie so milde gestimmt wie gerade jetzt. Ich bin zum ersten Mal gütig gegen mich selbst. Ich spüre mich aufs Ganze. Ich verstehe mich gut. Ich bin bei mir angekommen. Das Gefühl kannte ich nicht.«
Sie machte eine Pause.
»Mit dem Schlag habe ich nicht nur Rungholt erledigt, auch meine Herkunft, meine Zukunft, meine Pflichten, meine Sorgen, einfach alles.«
Pause.
»Meine Eigenliebe war nie sehr entwickelt, ich habe immer nur getan, was getan werden musste, was ein klug gewähltes Ziel erforderlich machte. So hat man mich erzogen.«
Pause.
»Vor diesem Schlag war ich ein planendes Wesen. Mit diesem Schlag habe ich mich verbraucht. Nach diesem Schlag werde ich mich für eine sehr kleine Zeit in der neuen Eigenliebe wärmen. Mein Leben hat keine Richtung mehr. Es gibt kein Ziel mehr. Es gibt nichts mehr zu tun. Jetzt bin ich für andere nur noch gefährlich.«
Charlotte lächelte versonnen und warmherzig.
Ja, tatsächlich warmherzig. So hatte man sie noch nie lächeln sehen.
Jetzt sprach sie wieder.
»Plötzlich und erstmalig fühle ich mich frei«, sagte sie. »Wenn ihr es so nennen wollt: vogelfrei.«
Pause.
Hätte Charlotte geweint, wäre sie verzweifelt gewesen, wü-

tend, hysterisch, panisch – das alles hätten die Freundinnen verstanden, aber diese übertriebene Milde in Miene und Ton (auf den Inhalt ihrer Rede hatten sie gar nicht erst geachtet) verschreckte sie.
War Charlotte im Entsetzen über ihre Tat verrückt geworden? Vielleicht.
»Ich habe eine Idee«, sagte Leonie. »Wenn jede von uns behauptete, sie hätte den Schlag ausgeführt, kann keine von uns belangt werden. Das habe ich einmal in einem Kriminalroman gelesen.«
»Ja, das stimmt«, sagte Johanna. »Du musst deine Fingerabdrücke vom Schürhaken wischen.«
»Ich denke gar nicht daran.«
»War da Blut?«, fragte Nadine mit bleicher Stimme.
»Nein, darin war Rungholt erfreulich diskret. Ich schlug, und er sank. Er schied ohne Laut und auch ohne dramatische Blutströme.«
»Es war allenfalls Totschlag im Affekt«, sagte Johanna.
»Keineswegs, als ich heute von der Bank kam, ahnte ich schon das Ausmaß seiner Schurkereien. Deshalb hatte ich die Pistole, die mir mein Mann freundlicherweise hinterließ, vorsorglich auf dem Kaminsims deponiert. Dezent kaschiert mit Johannas Lieblingsbuch. Spontan entschied ich mich für die Schürhakenversion. Ich wollte euch nicht erschrecken. So ein Schuss ist nichts für die schwachen Nerven alter Frauen. Jedoch: Hätte der Schlag nicht genügt, ich hätte zur Pistole gegriffen. Ihr seht: Ich hätte ihn in jedem Fall erledigt. Eine wohlüberlegte, böse, geplante Tat. Bleibt mir also vom Leibe mit diesen winkeladvokatischen Ausreden.«
Sie lächelte wieder. Bevor sie weitersprach, goss sie sich

Rotwein ein und hielt das geschliffene Glas prüfend gegen das Licht der jetzt schon sehr tiefstehenden Sonne, die fast waagerecht durch die großen Fenster fiel und den Raum leuchten ließ.

»Alles sprach für die Tat. Da war sein vergifteter Redeschleim. Um ihn irgendwie zu ertragen, um mich gegen das Gift zu immunisieren, schaute ich hinaus auf den Fluss, der immer mein Tröster war, schaute auf seinen brausenden Wellengang, schaute auf alles, was um seine Schaumkronen wirbelte, Hölzer, Gräser, Moose und auch allerlei zivilisatorischer Unrat, schaute auf all das, was seine starke Strömung gleichmütig und machtvoll mit sich riss, sah, wie er alldem Richtung und Ziel gab. Und als Rungholt endlich mit seinem hämisch vorgetragenen Geständnis zum Ende kam, war meine Menschlichkeit verbraucht. Da hörte ich die tieftönenden Glocken des Doms zur sechsten Stunde schlagen. Wie zur Beglaubigung. Ich dachte auch daran, dass in seinen Mauern einst zehn Krönungen stattgefunden hatten. Da war die Zeit gekommen. Und …«

Leonie unterbrach sie. Sie konnte nicht länger ertragen, dass Charlotte den Tathergang so schilderte, als wollte sie eine interessante Episode aus lange vergangenen Tagen zum Besten geben.

»Jede von uns wäre zu so einer Tat fähig. Je nach Lage, je nach Verfassung, je nach Gelegenheit. Ich zum Beispiel hätte den fahrerflüchtigen Autofahrer, der den Wagen mit meinen Kindern und meinem Mann darinnen von der Straße gedrängt hat, ohne Skrupel erledigt.«

»Und ich das Flittchen, das mir den Geliebten nahm«, sagte Nadine.

»Auch in meinem Leben gab es Situationen, in denen ich …«, setzte Johanna an.
Charlotte unterbrach sie: »Bitte keine Psychologie. Nochmals: Eure Rechtfertigungen ekeln mich. Ich will keine lauen Beschwichtigungen, keine gerechten Abwägungen, kein kränkendes Wohlwollen, keine erschlichene Güte, keine Hinweise auf Chancen, auf Fluchtwege oder irgendein zukünftiges Gelingen. Verschont mich, kümmert euch gefälligst um euch selbst. Ich will nur noch im Düsteren mein Wohlbehagen finden. Das ist mein Wunsch und mein Wille.«
Pause.
Charlotte gönnte sich einen kräftigen Schluck Rotwein.
»Ich bin jetzt eine Ausgestoßene. Ich selbst habe mich aus allen moralischen Verabredungen, die auch meine waren, ausgestoßen.«
Sie hob ihr Glas.
»Ich überantworte mich Apophis, dem ägyptischen Gott der Auflösung der Finsternis und des Chaos.«
Pause.
»Euch aber rate ich: Haltet euch ganz heraus, sagt, dass ihr im ersten Stock auf euren Zimmern hinter dicken Mauern verschanzt von der Rungholt-Ermordung nichts bemerkt hättet. Oder geht ins Kino oder in ein Restaurant. Erzählt nach eurer Rückkehr der herbeigerufenen Polizei von meinem Wahnsinn.«
»Nein«, sagte Johanna, »das werde ich nicht tun. Ich werde bei dir bleiben.«
Charlotte schüttelte den Kopf.
»Ich werde nicht hierbleiben. Ich werde dieses Haus verlassen und es nie wieder betreten.«

»Dann gehe ich mit«, sagte Johanna, »wohin auch immer.«
»Bei Lichte besehen, haben wir alle vier nichts mehr zu verlieren«, sagte Nadine.
»Wir gehen alle mit dir«, sagte Leonie, »alle anderen Möglichkeiten scheiden aus. Ich habe eine Reportage gesehen, über Alte, die man nach Thailand verbracht hat, weil es dort noch Frauen gibt, die für ein Geringes bereit sind, anstrengende Pflegedienste zu leisten. Ich aber möchte nicht nach Thailand. Ich weiß nicht einmal, welche Sprache man dort spricht.«
»Thai«, sagte Johanna.
»Wie bitte?«
»Thai.«
?
»Thai, so heißt die Sprache.«
»Ich möchte nicht dorthin.«
»Musst du auch nicht.«
»Was könnten wir tun, wenn wir jung und gesund wären?«, fragte Nadine.
»Wir könnten irgendwo auf dem Land eine Hütte bauen, eine kleine Hütte mit einer Feuerstelle und einem Brunnen, wir könnten Gemüse anpflanzen, wir könnten vielleicht ein paar Hühner und Karnickel haben und eine Ziege«, sagte Leonie.
»Ja, niedlich«, sagte Johanna, »aber diese Idylle würde es bei einem Asteroideneinsturz auch atomisieren.«
»Nicht alles hilft gegen alles.«
»Wer wird an uns denken, wenn wir nicht mehr sind?«, fragte Nadine.
»Das ist alles Quatsch«, sagte Charlotte, »es gab uns. Und damit basta. Bald wird das niemanden mehr interessieren,

und das ist auch in Ordnung so! Und es ist unerheblich, ob unsere vergangenen Existenzen ein wenig länger oder nur ganz kurz im Gedächtnis Lebender sein werden.«

»Ja, das geht uns am Arsch vorbei«, sagte Nadine, die auch einmal ordinär werden wollte.

Ihr Beitrag wurde von Charlotte ignoriert.

»Bei manchen Hirnschädigungen kann man sich selbst schon zu Lebzeiten nicht mehr an sich selbst erinnern«, sagte sie.

»Wie wahr«, sagte Johanna, und: »Geht euch das auch so: Ich kann mir bei vielem gar nicht mehr vorstellen, dass es mir einmal so mörderisch wichtig war. Mein Roman zum Beispiel, er ist seit Jahren fertig, irgendwann war es mir nicht mehr wichtig, ob Menschen das lesen oder nicht. Er hätte die Welt nicht verändert. Daran glaubte ich nicht mehr. Und Ruhm – das ist doch lächerlich. Die Bewunderungsmeuten sind launisch: ›Hosianna und Kreuziget ihn‹ – dieses Wechselgeschrei hat sich tausendfach in der menschlichen Geschichte wiederholt.«

Johannas Gesicht zerfiel, wie das oft ist bei Menschen, die abgründig müde sind.

Leonie, die das sah, zögerte, aber dann sprach sie doch: »Entschuldige bitte, aber ich habe noch eine Frage. Es spielt zwar jetzt keine Rolle mehr, aber es lässt mir keine Ruhe«, sagte Leonie, »wie lautet der letzte Satz deines Romans?«

»Es sind Zeilen aus einem Gedicht. Leider nicht von mir«, sagte Johanna.

»Ja, du hast sie einmal aufgesagt. Das war in der Bibliothek. Die Worte haben mich sehr beeindruckt und auch erschreckt, ein Schauder durchlief mich. Ich vermute, dass ich sie aus diesem Grund sofort wieder vergessen habe.«

Johanna zitierte:
»›April und Mai und Julius sind ferne/ Ich bin nichts mehr, ich lebe nicht mehr gerne.‹«
»Wenn ich diese Sentenz höre, ist mir, als wäre ich inwendig hohl«, sagte Leonie.
»Ja«, sagte Charlotte, »es ist die kahlste Absage, die ich kenne.«
»Ja«, sagte Nadine, »mehr muss nicht gesagt werden.«

Aber dann sagten sie doch noch sehr viel.

Salon (fortlaufend)

Es hatte sich schon angedeutet, aber in der folgenden Stunde wurde ihr Gespräch immer bizarrer. Ihre Reden blieben allein sich selbst verpflichtet, allein ihrer Gegenwärtigkeit, dem Moment ihrer Lautwerdung verhaftet. Ein Sprechen ohne Zukunft und daher frei von jeder Nützlichkeit. Eine Frage zielte nicht mehr auf ihre Beantwortung. Die Antworten brauchten keine Fragen mehr. Kein Satz war gedacht für eine Bedeutung über den Moment hinaus. Ein Gesagtes schloss sich beliebig an ein anderes. Da gab es keine Sinnhierarchien. Da war kein geordneter Gesprächsgang mehr, auch keine Themenspur, keine Gedankenfolge, kein Beginn, keine argumentative Verwertung, kein Resümee. Und wenn sich doch eins zum anderen fügte, geschah es mehr oder weniger zufällig. Ein totaler Verzicht auf die Zutaten herkömmlicher Dialoge, auf Logik und Inhalt und Funktion. Sie sprachen das aus, was ihnen gerade durch den Kopf schoss, was ihnen auf der Seele lag – und auf den Seelen lag noch so manches …

Den Auftakt gab eine Äußerung Nadines:
»Ich habe gewartet, immer habe ich gewartet, mein ganzes Leben habe ich gewartet, ohne eigentlich zu wissen, worauf. Nur bei meiner Geburt habe ich nicht gewartet. Ich wurde geboren um vier Uhr in der Frühe. Um sieben Uhr öffnete ich die Türe und ging in die Schule.«
Sie hatte bei dieser Mitteilung heftig gestikuliert. Dabei ging ein Kuchentellerchen zu Bruch.

Keine der drei Frauen, die diese Erklärung Nadines, zumindest als akustische Lautfolge, vernommen hatte, wollte damit irgendetwas verbinden, keine achtete es, keine reagierte. Aber darauf kam es, wie schon erwähnt, nicht mehr an. Es wurde jetzt gesagt, was noch gesagt werden musste – frei heraus. Während ihrer wirren Reden strichen sie ebenso wirr und ziellos und regelfrei (aufgeregten Krähen gleich) umher (zumindest schien es so), allenfalls dirigiert von einem diffusen Unmut (oder war es gar ein unheiliger Zorn?), und dabei verwüsteten sie willkürlich ihre Umgebung. Anfänglich hätte man noch glauben können, dass diese Verwüstungen versehentlich geschähen – ein Verlust von Balance und Orientierung, dem verstörenden Ereignis (Mord!) geschuldet –, aber nein, nein, sie geschahen böswillig, ja sie geschahen böswillig.
Besonders befremdlich war, dass die alten Frauen dabei immer wieder lachten. Immer wenn ihnen ein Attentat auf die Raumausstattung gelang – und sie gelangen alle –, lachten sie hell auf.

»Als Kind saß ich in einem Luftschutzkeller. Über mir zerbarst ein Haus und ging in Flammen auf. Jetzt sitze ich in einer gepflegten Villa. Immerhin: Der Ort ist nobler. Ich war zehn Jahre, als die Bombe auf Hiroshima fiel. Danach begann das große Tralala. Siebzig Jahre Friede und eine stetig zunehmende Prosperität, mehr ist in der menschlichen Geschichte nicht drin. Bald aber wird es düster werden.«
Leonie stolperte (?) über eine Bodenvase. Die kippte und zerbrach und entließ einen Wasserschwall. Dort entstand ein kleiner See. In dem schwammen dunkelviolette Gladiolen.

»In einer Welt ohne Opernhäuser möchte ich nicht leben.«
Charlotte fiel ein Champagnerglas aus der Hand.

»Das hätte mich heute Morgen noch um den Verstand gebracht, jetzt kommt es mir vor, als würdet ihr von einem anderen Planeten sprechen.«
Ein silberner Kerzenständer ging zu Boden und verbog sich. Vier weiße Kerzen rollten in die Wasser-Champagnerlache. Es war nicht genau zu erkennen, aber sehr wahrscheinlich ging auch dieser Bruch auf das Konto von Nadine.

»Ich setze nicht auf die Jugend. Das Einzige, was ihnen von der elterlichen Karriere- und Lachsackgeneration gelehrt wurde, ist der Konsum, und das ist auch das Einzige, was sie wirklich gut können.« Johanna erledigte, indem sie mit ihrem Unterarm großflächig über den Tisch wischte, eine Teetasse, ein gefülltes Rotweinglas und eine halbleere Grappaflasche. Der See vergrößerte sich und nahm eine eigentümliche Färbung an. Gerüche breiteten sich aus, wie sie nie in diesem Raum gewesen waren.

»Früher war es besser. Ja, ich weiß, das ist ein tödlicher Gebissträgersatz. Vor diesem Satz muss man sich hüten. Es ist der soziale Ausstiegssatz der Alten. Mit ihm ist man endgültig in der totalen Unzuständigkeit angekommen. Ja, ja, alle Alten aller Zeiten haben das gesagt. Aber wenn es einmal wahr wäre, wenn es jetzt aufs Ganze zuträfe? Wenn von nun an alles tatsächlich nur noch schlechter würde? Der letzte Satz auf der Titanic II.«
Leonie hatte den Schürhaken aufgenommen und auf den beschädigten Lüster eingedroschen, ein Kristallregen war die Folge.

»Nicht etwa glaube ich an einen gütigen Gott, nicht etwa glaube ich an die Harmonien der Gestirne, nicht etwa glaube ich an meinen guten Wesenskern, nicht etwa …«
Charlotte rammte mit Johannas Gehhilfe ein Beistelltischchen, das mitsamt einer großen Obstschale umkippte. Acht rote Äpfel rollten über das Parkett. Drei rollten in die Pfütze.

»Im Roman geht alles, aber nichts.«
???
Johanna stieß fanatisch mit den Spitzen einer Kuchengabel in die Brokathülle eines Zierkissens, bis eine hässliche braune Füllung hervorquoll.

»Die irrenden Furien. Die Irrwege meiner Schmerzen. Meine verirrten Tränen. Mein Leben als Irrtum.«
Leonie brach einer filigranen Porzellanschönheit in einem Rokokokostüm den abgespreizten Mittelfinger ab.

»Ich hatte es heute gleich bemerkt, gleich am Morgen, als ich die Augen aufschlug, um fünf Uhr schon. Die Geräusche! Oder sollte ich besser sagen: die Nicht-Geräusche. Die Geräusche waren anders. Die Stille war anders. Ich hätte nicht sagen können, worin diese Veränderung bestand. Aber nein, es war nicht absolut still. Im Hintergrund der Stille – von ihr geschieden und ihr doch ganz zugehörig – war ein Rauschen. Kann man das so sagen? Das kann ja eigentlich so nicht sein. Doch, ich will das so sagen!
Seltsam.«
Nadine gab dem Servierwagen einen starken Stoß, so dass er in hohem Tempo gegen einen Empiresekretär knallte und einen hässlichen Kratzer im Wurzelholzfurnier hinterließ. Etliche Fadeneinlagen und Intarsien schossen durch den Raum.

»Alles ist Zufall, Konstellation und Mischung, die kleine Erzählung, die wir Biographie nennen, und die größere der Menschheit und die ganz große des Universums auch.«
Charlotte riss mit Kraft an einer Samtportiere, die mitsamt ihrer Halterung und einer schweren Messingstange zu Boden rauschte.

»Das geblümte Kleid. Es sei mein schönstes, sagte er damals.
Vielleicht war es mein schönstes, als ich selber noch schön

war. Jetzt ist es einfach nur noch lächerlich, diese Frühlingsanmutung, aus der der Stützstrumpf ragt.«
Nadine brachte eine Standuhr zu Fall.

»Die Schamanen der automatisierten Geldvermehrungen, die im Ruin der Vielen ihren zweifelhaften Sieg haben. Sie reiben die Zeit von ihren Gesichtern. Sie wissen es nicht, sie tun das nicht absichtlich, so wie man sich automatisch kratzt, weil es ein bisschen juckt, um den Juckreiz loszuwerden.«
Der hohe Spiegel, in dem sich Johanna eben noch missbilligend betrachtet hatte, würde kein Bild je wiedergeben.

»… Die Barbarei der Quantifizierung, die eine Kultur unter sich begräbt. Und weil sich immer alles schließt: Es wird die Sache von wenigen gebildeten Amerikanern, Afrikanern und Asiaten sein, den Untergang Europas zu betrauern.
Aber wenn es wenige nur noch sind, kann es ja wohl auch kein großer Verlust sein. Aus welcher universalen Perspektive will man das beschreiben?«
Jetzt hatte Charlotte wieder den Schürhaken in beiden Händen. Der gewaltige Hieb traf die Tastatur des Flügels. Das bewirkte einen höchst dissonanten Lärm und einen Splitterregen aus weißen und schwarzen Tasten.

»Es gibt keine Verzögerungen mehr, alles ist zugleich – wie die göttliche Zeit, die keine Zeit ist. Alles ist zugleich und nicht wie in der Zeit, alles ist vor der Zeit und nach der Zeit.
Wie die …«

Leonie zerquetsche auf der Seidentapete den Rest der für Rungholt bestimmten Schokoladentorte.

»Die Erinnerung ist eine Hure, die unsere Ich-Legenden polstert. Sie schmeichelt uns, indem sie die Versatzstücke für eine gloriose Ichlegende andient.
Würde ich eine Autobiographie schreiben, hieße sie: 999 Lügen über mich selbst. Und das wären nur die großen Lügen. Und ich hätte nicht einmal wissentlich gelogen.«
Das war das Ende des TV-Geräts, in das Johanna eine ungeöffnete Champagnerflasche geworfen hatte.

»Ich habe nicht gelebt. Mein Leben vollzog sich in den Figuren der Vorwegnahme. Ich eilte allem voraus. Fuhr ich zu einem Fest, sah ich mich schon auf der Heimfahrt. Kam die Vorspeise, dachte ich schon an das Dessert. Dekorierte ich einen Weihnachtsbaum, ersehnte ich schon seine Entsorgung.
Jetzt schau ich zurück auf meine vergangenen Tage und frage mich, ob ich bei dem, was ich da sehe, wirklich dabei war. Jetzt erst, hier, in diesem Moment der Explosion, im Beisein von drei alten Krähen, bin ich zum ersten Mal ganz gegenwärtig.«
Charlotte warf eine silberne Teekanne gegen die hohe Scheibe eines geöffneten Fensterflügels. Dort, wo die Kanne aufkam, entstand ein kleines Loch und um es herum weitausgreifend ein strahlenförmiger Splitterkranz. Das sah aus wie das Sonnenemblem von Ludwig XIV.

Charlottes Fensterattentat war außerordentlich eindrucksvoll, nicht nur optisch, auch akustisch, weil die schwere englische Silberkanne nach ihrer scharfkantigen Begegnung mit der Glasscheibe krachend auf dem Fußboden aufkam. Daher blieb verborgen, dass Johanna zur gleichen Zeit die Ablaufdynamik (Rede – Aktion – Gelächter) durchbrochen hatte und ganz ohne verbale Einleitung ein scharfes Werkzeug (Messer, Schere, Glasscherbe, gesplittertes Kristall?) ergriffen, einen Hocker bestiegen und mit einer Geschicklichkeit und einer Kraft, die sie eigentlich nicht mehr besaß, einen Wandbehang (einen Gobelin aus dem siebzehnten Jahrhundert) attackiert hatte. Auf einer Länge von knapp zwei Metern klaffte ein Riss durch eine biblische Szene. Eine Wand wurde sichtbar.

Sie war schwarz.

Johanna lachte nicht.
Sie sagte: »Jetzt ist die Zeit gekommen, da der Märchensatz ›Etwas Besseres als den Tod finden wir überall‹ seine Trostmacht verloren hat.«

Als all dies gesagt und getan war, waren sie erschöpft und sanken auf die Sitze.

»Das war gut«, sagte Johanna noch ein wenig atemlos.
»Ja«, sagte Leonie.
»Ja«, sagte Nadine.
»Ja, das war gut«, sagte Charlotte.

Sie saßen jetzt artig und einträchtig auf vier hochlehnigen Stühlen beieinander, die Hände auf dem Schoß gefaltet wie vier Damen aus alter Zeit, die gerade vom Kirchgang zurückgekehrt auf einen sonntäglichen Besucher warteten.

Und tatsächlich, es war kaum eine halbe Minute vergangen, da ertönte die Türklingel.

VI

Nadine öffnete die Haustür.

Vor der Tür standen ein weißer Schwan, ein sehr alter Hund, ein rundlicher Herr und ein kleines Mädchen, das ein blaues Schäufelchen in der Hand hielt.

»Guten Abend«, sagte der Schwan.

»Wer sind denn Sie? Donald Duck?«, fragte Nadine.

Der Schwan war empört.

»Haben Sie keine Augen im Kopf? Ich bin ein Schwan, seit alters eines der edelsten Tiere.«

Nadine bemerkte, dass er ein fein geschmiedetes goldenes Kettchen um seinen dünnen Hals trug. Es reichte bis auf seine blendend weiße Brust.

Der Schwan richtete sich auf und breitete seine Schwingen aus.

»In mir westen ein höchster Gott und ein armer Ritter. Ich steh für die erleuchtete und die arme Kreatur. Für das geflügelte Ross ebenso wie für den geschundenen Gaul, den ein Philosoph umarmte, für Kafkas Affen und Müllers Kuh. Auch für den Antitiger, den sich ein Frühsozialist erdachte, als die Utopien noch erlaubt waren. Der hat übrigens – das wenigstens solltest du wissen – das Wort Feminismus in Umlauf gebracht. Das waren noch ernstzunehmende Bündnispartner. Aber was soll's, jetzt sind wir eben hier bei euch alten Schachteln.«

Nadine hatte keine Ahnung, wovon dieser Schwan da sprach.

»Zu wem wollen Sie eigentlich?«

Zu dir, zu ihr, zu euch, ihr braucht uns jetzt, ihr habt uns herbeigesehnt.

»Nicht dass ich wüsste«, sagte Nadine ratlos.

Der schöne Schwan watschelte hoheitsvoll an ihr vorbei und strebte voran durch das große Entree in Richtung Salon. Dort angekommen, umging er sorgsam alle Pfützen und Glassplitter.

Als er zu den drei Frauen kam, hopste er auf einen kleinen Gondelhocker und fächerte sorgfältig, behaglich und selbstverliebt seine Flügel über den geschwungenen Lehnen aus.

»Kommt schon rein«, rief er seinen Kumpanen zu.

Als der elegante rundliche Herr den Raum betrat, zog er höflich seinen Panamahut und deutete in Richtung der Damen eine Verbeugung an. Er lächelte nicht. Nein, er lächelte nicht. Aber man konnte spüren, dass das Lächeln ausgelassen wurde, dass es eigentlich zu dieser Begrüßung gehört hätte.

»Ist es er erlaubt einzutreten?«, fragte er, obwohl er ja schon mitten im Raum stand.

Ihm folgten der mächtige hinkende Hund und an dessen Seite das kleine blondgelockte Mädchen. Das blaue Schäufelchen hielt es in der Rechten. Seine Linke umschloss das breite Lederhalsband des großen Tieres. Das Mädchen führte das Tier sorgfältig vorbei an allen Splittern und Lachen, vorbei an den matschigen Blumen und vorbei an

den herumliegenden Tasten, Äpfeln und Kerzen – da hatte sich einiges angesammelt.
»Er ist fast blind«, sagte es.
Dann half es dem alten steifhüftigen Hund auf ein Sofa und setzte sich daneben.
Das kleine Mädchen sagte:
»Ich war ein wildes Mädchen. Ich fühlte mich den Hunden und Pferden näher als den Menschen. Für so ein Mädchen ist die Pubertät schwierig, daher blieb ich immer Kind und baute auf Sand.«
Als würde das irgendetwas erklären.
Nadine hatte sich wieder zu ihren Freundinnen gesetzt.
Das kleine Mädchen wies mit dem blauen Schäufelchen auf den alten Hund.
»Das ist Pluto.«
Bei seinem Namen hob der alte Hund seinen schweren Kopf und sah das Mädchen fragend an.
»Pluto? Der Höllengott?«, fragte Leonie.
»Pah. Höllengott. Höllenschreck oder Mickey Mouse, ganz wie du willst. Da kommt in den unordentlichen menschlichen Imaginationen immer einiges zueinander und durcheinander. Ein absurdes Fabelgetier.«
Das Mädchen kraulte den Hund hinter den Ohren. Der schloss genüsslich die Augen.
»Er kann nicht sprechen«, sagte es dann traurig.
»Der Arme«, sagte Leonie.
»Ist dir mal aufgefallen, wie ungerecht die menschlichen Tierphantasien sind?«
Nein, das war Leonie nicht aufgefallen.
»Mein Pluto ist geflohen. Woher, wohin, ich weiß es nicht. Einst Gott der Fülle und des Reichtums, wurde er bald

schon zum Unterweltagenten degradiert, und schließlich landete er, Hund geworden, in einem Comic-Universum, in dem man ihm die Sprache nahm. Und das ist wahrhaft empörend: Dort sprechen die meisten Tiere, die Schweine und die Mäuse sogar, die Vögel allen voran, der Hund jedoch blieb stumm.«

Sie warf einen bösen Blick auf den Schwan. Der ordnete sein Brustgefieder, spielt mit dem Goldkettchen und tat, als hätte er das nicht gehört.

»Wie ist das möglich?«, fragte Leonie verwirrt.

»Sie waren Menschentiere, er war das Tiertier.«

»Muss ich das verstehen?«

»Das hat eine fabelhafte Tradition. Ist dir nie aufgefallen, dass das Menschentier Reineke Fuchs, der sprechende Rechtsverdreher von Goethes Gnaden, auf einem Naturtier, einem armen stummen Esel, reitet?«

Auch das war Leonie nicht aufgefallen, und es schien ihr auch nicht wesentlich. Sie wirkte aber schuldbewusst.

»Aber nun zur Sache«, sagte die Kleine ernst.

Sie klopfte mit dem blauen Schäufelchen dreimal auf den Tisch.

»Die Verhandlung beginnt.«

Sie schaute hoheitlich in die Runde.

Die alten Frauen wirkten erschrocken, weil das kleine Mädchen für den Bruchteil einer Sekunde ausgesehen hatte wie eine Greisin – so irrwitzig kurz, dass sie nicht sicher sein konnten, dieses andere Gesicht wirklich gesehen zu haben. Und schon sprach das rosige Püppchen wieder und zerstreute alle optischen Zweifel.

»Ich habe hier zwei Aufträge zu erfüllen. Mein erster Auftrag betrifft speziell dich, Leonie.«
Leonie richtete sich auf.
»In diesem Fall«, sagte die Kleine, »fungiere ich als Sprecherin für den stummen Pluto. Du musst wissen, Pluto, der edelmütige, hat sich einzig deinetwegen hierherbemüht. Und das musst du zu würdigen wissen, da das Laufen ihm so schwerfällt.«
Sie tätschelte die eingefallene Flanke des großen Tieres.
»Der Gute hat erspürt, wie sehr du dich in der eigenen Trauer verloren hast. So eine tiefe Trauer, wie die, in die du gestürzt wurdest, ist eigentlich nicht mehr mit dieser Welt verträglich. Sie hat dich tief verschattet, sie versiegelte dich, verschloss dir den Zugang zu den Lebewesen – für sie hattest du nur noch deine Höflichkeit und eine geformte Freundlichkeit.«
Sie unterbrach und betrachtete Leonie nachdenklich, aber sie konnte die Wirkung ihrer Worte nicht ermessen, da diese den Kopf gesenkt hielt und unverwandt auf ihre Schuhe starrte.
Die Kleine sprach weiter. »Aber die Intensität dieser Trauer kann, das habe ich auch erst kürzlich gelernt, zugleich eine schmale Öffnung in die Gefängniswände deiner Welt sprengen, nein: einen kleinen Spalt, nein: einen Riss, ach, ich weiß ja auch nicht, wie auch immer ich das benennen könnte, jedenfalls einen geheimen Zugang zu anderen Sphären, ich sag jetzt einfach mal – nur damit du eine Ahnung bekommst, wovon ich spreche – ins Planetarische. Aber diesen Weg hast du auch nicht gefunden, du Arme.«
»In jedem Leben gibt es so eine Glücksblindheit«, sagte der rundliche Herr weise.

»Geht das noch lange so?«, fragte der Schwan.
»Okay«, sagte die Kleine, »ich kürze ab. In dieser Trauer wirkt ein fremder, ganz unirdischer Stoff. Diese tiefe Trauer, die weit mehr ist als nur ein Gefühl, weit mehr als ein psychophysischer Tiefgang, weit mehr als ein biochemischer Ernstfall, diese Trauer, die dich durchflutet, die in alle deine Poren dringt, die nicht nur Seele und Hirn regiert, die auch dein Fleisch, deine Sehnen, deine Säfte, deine Muskeln, deine Wahrnehmung tränkt, hat einen besonderen Geruch, für den die menschliche Nase nicht zuständig ist.
Diese Trauer kann mein Pluto riechen. Darin ist er noch Gott und doch auch ganz Hund. Er ist stumm, kann nicht mehr viel sehen und ist auch ein wenig schwerhörig, aber sein Geruchsinn ist kolossal, ja exorbitant.«
Die Kleine war sichtlich stolz, dieses fremde Wort in ihrem Vokabular gefunden zu haben.
»Mein Pluto wird dir in seiner unermesslichen Güte die letzte Strecke ein Tröster sein. Aber nur, wenn du das willst.«
»Ich will«, sagte Leonie tonlos.
»Kannst du noch irgendetwas hoffen?«
»Nein.«
»Möchtest du noch etwas sagen?«
»Nein.«

Charlotte, Johanna und Nadine hatten fasziniert zugehört.
Der Schwan hingegen wirkte gelangweilt, er hatte mehrfach demonstrativ gegähnt, und auch der rundliche Herr hatte sich nicht sonderlich für den Wortwechsel inter-

essiert. Er stand immer noch an gleicher Stelle, hatte sich keinen Schritt gerührt und sah sich mit dem Hut in der Hand um. Missbilligend studierte er die Verwüstungen. Charlotte erinnerte sich plötzlich an ihre gastgeberische Pflicht.

»Möchten Sie sich nicht setzen?«, sagte sie zu dem rundlichen Herrn.

»Wenn es genehm ist«, sagte der und zog einen Sessel heran. Bevor er sich setzte, besah er genau die Sitzfläche, ob sich dort nicht Glassplitter oder verdächtige Pfützen befänden. Nachdem er offensichtlich zu einem günstigen Befund gekommen war, legte er seinen Hut auf die gepolsterte Armlehne, setzte sich und schlug die Beine übereinander.

Die Kleine klopfte energisch dreimal mit dem Schäufelchen auf den Tisch.

»Ich bitte um Aufmerksamkeit.

Ich komme jetzt zu meinem zweiten Auftrag«, sagte sie würdevoll. »Er betrifft dich, Nadine. Da du die ganze Zeit schon so panisch auf meine blaue Schaufel starrst, wie ein hypnotisiertes Kaninchen, nehme ich an, dass du dir das denken kannst.«

»Ich weiß überhaupt nicht mehr, was ich denken soll«, sagte Nadine klamm.

»Ich hingegen glaube, du erinnerst dich genau. Mein kleiner Sandhaufen hat dich erschreckt. Tse, tse, tse. Aber, aber. Wer wird denn da gleich so ausrasten.«

Nadine wollte etwas erklären, aber die Kleine würgte das ab.

»Ja, ja, dein Vater, ich weiß, ist schon klar. Das Entsetzen hat dir viele Fesseln angelegt. Du hast dich versteckt, hinter den sieben Kleidern, in den sieben Betten deiner Ehemänner und Liebhaber und auf den Schickimickipartys. Du siehst, ich bin randvoll mit Kindesweisheit. Immer hast du ein Versteck gesucht, in dem du dich vor dem Vater und dir selbst verbergen kannst. Die weiße Villa war deine letzte Bastion.«

»In jedem Leben ist eine Feigheit«, verkündete der Schwan.

»Küchenpsychologie von einem altklugen Fratz und einem hochnäsigen Schwan, das hat mir ja gerade noch gefehlt«, sagte Nadine in lahmer Gegenwehr.

Die Kleine schüttelte das Lockenköpfchen und ging nicht darauf ein. Unbeirrt plapperte sie weiter.

»Du hast gedacht, da, wo die Mode ist, ist die Verwesung fern. Du Arme. Die Mode stirbt an jedem Tag. Früher einmal war sie Auferstehung und Tod in einem. Aber nicht einmal solch derbe Salti vollbringt sie dieser Tage noch. Sie ist siech. Fast schon hinüber. Künstlich belebt, künstlich beatmet von Kleidertechnikern. An ihrem lahmen Leibe werden nur noch die Teile ausgetauscht. Vielleicht ist sie schon seit vier Jahrzehnten tot – und keiner hat es gemerkt. Lass fahren dahin …«

»Darüber bin ich lange hinaus«, sagte Nadine.

»Und der Sex, und die Männer, deren Bewunderung?«

»Auch darüber bin ich weit hinaus.«

»Ach schön, so abgeklärt, die Dame. Umso besser. Und wie steht es mit den Vulkanen? Schließlich hat mich dein Gemütsschwall beim Anblick meiner unfertigen Pyramide hierhergeschwemmt.«

»Wenn du so viel über mich weißt, dann weißt du ja auch,

dass meine einst diffuse Angst jetzt einen einzigen Fluchtpunkt hat. Die Angst vor dem bösen Geschwüren in mir selbst und …«

»Alles halb so wild«, unterbrach die Kleine.

»Na, ich danke. Du bist ziemlich frivol.«

»Ich bin ein Kind. Ich muss nicht taktvoll sein. Hin ist hin. Du kannst nicht verlangen, dass ich mich für den Tod interessiere. Warst du stündlich glücklich, als du noch gesund warst, weil du gesund warst?«

»Nein.«

»Na also. Vor vier Jahren warst du schon einmal sehr krank. Warst du die folgenden Jahre stündlich glücklich, weil du noch nicht tot warst?«

»Nein.«

»Na also. Und kannst du noch etwas wissen?«

»Nein.«

»Willst du noch etwas sagen?«

»Nein.«

»Soll das noch lange dauern?«, fragte der Schwan und fuhr seinen geschwungenen Hals hoch aus.

Und auch der rundliche Herr hatte sich schon mehrfach geräuspert.

Die Kleine runzelte unwillig die Stirn,

»Geduld bitte. Wir sind ja gleich fertig.«

»Wir wollen nicht mehr warten.« Das war wieder der schlechtgelaunte Schwan.

Die Kleine wedelte zornig mit ihrem Schäufelchen.

»Schämt euch, Nadine hat ihr ganzes Leben gewartet.«

Sie wandte sich wieder an Nadine.

»Wartest du immer noch?«

»Nein.«
»Eine letzte Frage noch. Willst du meine Begleitung?«
Nadine nickte.

Die Kleine zeigte auf den rundlichen Herrn.
»Your turn.«

Der rundliche Herr wandte sich mit einer eleganten Drehung an Johanna.
»Ich habe mich noch gar nicht vorgestellt. Mein Name ist Monsieur Charlus.«
Johanna lachte. »Der wurde aber ganz anders beschrieben. Da ist keinerlei Ähnlichkeit mit den Bildvorgaben seines Schöpfers.«
»Aber meine verehrte Dichterin, seien Sie bitte nicht so langweilig und vorstellungsarm. Ich mache da immer mal eine Recherche, ich tauche zu den inneren Bildern der Leser. Im Moment habe ich die Gestalt, die mir eine vierundachtzigjährige Leserin im Jahre 1952 gab. Und da Sie auch schon sehr betagt sind …«
Johanna fuhr auf.
»Unerhört! Mich mit einer törichten Greisin aus den fünfziger Jahren zu vergleichen.«
Der große Hund hatte bei Johannas Ruf kurz aufgeschaut, hatte dann aber seinen mächtigen Kopf in den Schoß des Mädchens gelegt und die Augen geschlossen.
Der rundliche Herr lachte.
»Ach, da ist er ja noch einmal, dieser veraltete Empörungsausruf. Ich muss schon sagen: Nicht sehr kultiviert, dieser Ruf-Terror, mit dem Sie gegen ihr öffentliches Vergessen anschrien.«

»Und *ich* muss schon sagen«, sagte Johanna, »aus der Ferne auf der Uferpromenade machten auch Sie einen weitaus kultivierteren Eindruck.«
Johanna bemerkte, dass er plötzlich sehr verlebt aussah und überdies stark geschminkt war.
»Meine Erscheinungsform spielt hier keine Rolle«, sagte er, »da macht sich jeder während der Lektüre seinen eigenen inneren Film und soll das ja auch tun. Zudem: Man kann nur sehen, was man sehen kann. Verschwenden Sie nicht ihre nachlassende Kraft an solche Äußerlichkeiten. Sie sollten sich lieber fragen, ob Sie mich nicht dringend brauchen.«
»Ich wüsste nicht, wofür«, aber Johanna klang jetzt etwas kläglich.
Der rundliche geschminkte Herr ging nicht auf diese Absage ein.
»In jedem Leben ist ein Verrat«, sagte er würdig.
»Und worin sollte mein Verrat bestehen?«
»Sie haben Ihre Literatur verraten«, sagte der rundliche geschminkte Herr, »und Sie haben die Liebe verraten.«
»Das wüsste ich. Wie kommen Sie zu diesen absurden Vorwürfen?«
»Seit zwanzig Jahren sind Sie literarisch nicht mehr in Erscheinung getreten. Konnten Sie nicht, oder wollten Sie nicht?«
»Es war mir keine Lust mehr, zu denken, dass ein anderer Mensch das, was ich da buchstabierte, lesen würde.«
»Wovon handelt Ihr aktueller Roman?«
»Von alten Frauen in einer Villa.«
»Weil Sie mit dieser Alters-Thematik früher einmal Erfolg hatten?«

»Nein, weil ich mich auskenne auf diesem Feld, ich kenne die Atmosphäre eines Lebens auf der letzten Strecke.«
»Ich habe ein wenig in dem Roman herumgelesen.«
»Das ist unmöglich. Er ist nicht veröffentlicht.«
»Dergleichen spielt keine Rolle für mich. Meine Einsichten reichen exorbitant weit, auch weit hinein in Ihr Textprogramm. Das ist allenfalls ein Spaziergang. Ein kleiner Hopser nur – und schon bin ich drin. Drinnen oder draußen, privat oder öffentlich, da mache ich keine Unterschiede, da bin ich ganz auf der Höhe der Zeit. Schließlich bin ich ein Virtuose im Changieren zwischen dem Virtuellen und dem Realen.«
Für die Virtuosität des rundlichen geschminkten Herrn interessierte sich Johanna nicht, aber es drängte sie stark zu einer Frage.
»Und hat Ihnen mein Roman gefallen?«
Ja, da war sie noch einmal zurückgekommen, für einen kurzen Moment, die so ganz weltliche Autoreneitelkeit. Eine leichte Röte überzog das faltige Gesicht von Johanna.
»Ihr Roman ist gar nicht so übel«, sagte der rundliche geschminkte Herr, der jetzt wieder ganz proper aussah, »aber Sie hätten sich und Ihre kaum verfremdeten Mitbewohnerinnen liebevoller zeichnen können.«
»Sie waren nicht liebevoll. Ich am wenigsten.«
»Deshalb ist hier von Verrat die Rede. Dieser Mangel bringt mich zu meiner nächsten Frage: Warum sind Sie dem Mann, den Sie liebten, dem einzigen, den sie wirklich je liebten, nicht gefolgt?«
»Erstens geht Sie das nichts an! Und zweitens: Mit meiner Literatur hat das gar nichts zu tun. Gar nichts! Überdies:

Ich kann mich nicht erinnern, eine Happy-End-Literatur geschrieben zu haben.«
»Das meine ich nicht. Wenn ich es richtig sehe, sollte Ihre Literatur die Mauern der Denk- und Fühlgefängnisse einer zeitgenössischen Kultur sprengen. Ein nicht nur ästhetischer Aufbruch ins Undenkbare. Und schon bei der ersten Turbulenz in Ihrem Leben schmiegten Sie sich an die Konvention. Gingen den leichten Weg, blieben beim ungeliebten Ehemann und in der Hautevolee.«
»Das ist ja ekelhaft, wie Sie Leben und Werk ineinander verpantschen. Sie gehören offensichtlich auch zu diesen Idioten, die jede hohe Poesie in die biographistischen Niederungen zwingen und auf die Banalitäten der Lebensläufe verpflichten.«
»Sie sollten mich nicht so unterschätzen. Das können Sie sich nicht mehr leisten. Im Übrigen, ich bin nicht hier, um mit Ihnen über Literatur zu disputieren.«
»Und ich habe es nicht nötig, mich beschimpfen zu lassen. Ich bin eine alte kranke Frau.«
»Und unsern kranken Nachbarn auch«, murmelte das kleine Mädchen.
»Jammern steht Ihnen nicht«, sagte der rundliche geschminkte Herr.
»Sonst noch was?«, sagte Johanna.
»Sie sind auf das Bild, das Sie selbst von sich schufen, hereingefallen: die knurrige Alte, die das Urteil der Welt nicht mehr braucht.«
»Ich scheiß auf das Urteil der Welt.«
»Das sah aber eben, als Sie mich um ein Urteil über Ihren Roman baten, ganz anders aus.«
»Ein kleiner Rückfall.«

»Worauf es ankommt: Auf *die* Welt konnten Sie scheißen, darunter versteht sowieso jeder etwas anderes, aber nicht auf Ihre Welt, die Welt dieser Villa.«
»Sie hatte mich nicht mehr interessiert.«
»In jedem Leben ist ein Mangel«, verkündete der Schwan hochnäsig.
»Ja«, sagte Johanna, »da ist was dran.«
»Sie gestehen Ihre Lieblosigkeit also ein«, sagte der rundliche geschminkte Herr.
»Ja, und sie tut mir leid. Aber erst seit ein paar Stunden.«
»Ich glaube, Sie tapsten schon früher aus der Kältezone. Ihre Unerhört-Torpedos hatten, bei genauer Wahrnehmung, in letzter Zeit an Kraft verloren.«
»Mag sein«, Johanna war müde. Sehr müde.
»Ich bin müde«, sagte sie, »sehr müde.«
»Aber hallo, nicht verzagen. Sie wurden ja erhört, meine Anwesenheit bezeugt es doch.«
Und zum ersten Mal lächelte der rundliche geschminkte Herr, und – kaum zu glauben – für diesen Moment war er schön.
Und, das war ja auch kaum zu glauben, niemand hätte gedacht, dass sie das noch konnte: Johanna lächelte gleichfalls.
Der rundliche geschminkte Herr erhob sich.
»Um zum guten Ende zu kommen: Ist meine Begleitung erwünscht?«
»Ja, ich bitte darum.«

Der rundliche geschminkte Herr deutete wieder eine kleine Verbeugung an und sagte zum Schwan: »Bitte übernehmen Sie.«

»Na endlich«, sagte der Schwan, »ich dachte schon, ihr würdet nie fertig, ich habe nicht ewig Zeit, wenn das hier nichts wird, liefere ich heute Abend noch eine blendende Performanz in der städtischen Oper. The show must go on.«
Das kleine blondgelockte Mädchen war inzwischen auch eingeschlafen. Noch immer lag der Kopf des schnarchenden Hundes auf seinem Schoß. Den eigenen Kopf hatte es zurückgelehnt in die seidigen Kissen des Sofas, und so schlummerte es friedlich, das sanfte Gesicht lockenumrahmt, mit einem leicht geöffneten zarten Mund und rosigen Backen, die sich rhythmisch ein wenig blähten.

Der Schwan zeigte mit seiner Flügelspitze auf Charlotte.

»Da liegt ein toter Mann nebenan.«
»Wem sagst du das?«, sagte Charlotte.
»War das notwendig?«
»Ja, nein, vielleicht, eher doch.«
»War das souverän?«
»Nein, ich hätte es auch lassen können, aber es nahm eine Last von mir.«
»Worum ging es da?«
»Eine grausame Verrechnung, seine Jahre gegen die, die wir hier noch hätten haben können.«
»Beim Zeus, das ist Schwachsinn.«
»Sehe ich inzwischen auch so.«
»Du hast immer zu sehr auf die Maßnahmen, Fakten und Zahlen vertraut.«
»Sehe ich inzwischen auch so.«
»Für dich war das Leben eine Versuchsanordnung.«

»Ja.«
»Ist der Versuch geglückt?«
»Eher nicht.«
»Alsdann, das haben wir ja schnell geklärt«, sagte der Schwan, und als er ein Zögern bei Charlotte spürte, fragte er:
»Gibt es noch etwas zu hoffen?«
»Nein.«
»Gibt es noch etwas zu wünschen?«
»Nein.«
»Gibt es noch etwas zu tun?«
»Nein.«
»Noch eine Erklärung abschließend?«
Charlotte überlegte kurz, dann sagte sie:
»Ich selbst war der Mensch, dem ich am meisten misstraute. Mehr als die ständige Selbstüberprüfung unter dem Diktat der Pflichtgebote war von mir nicht zu erwarten. Ich war meiner gewiss, aber ich liebte mich nicht übermäßig.«
»Daher hast du auch die anderen zu wenig geliebt?«
»Ja, vielleicht. Mag sein. Klingt peinlich simpel, aber so simpel sind die Dinge zuweilen. Manchmal ist eine subtile Psychologie nur Schmuckwerk und Ausrede.«
»Und hätte der Liebe nicht«, murmelte die Kleine im Schlaf.
Der über alle Maßen gütige Schwan spürte, dass Charlotte noch Redebedarf hatte, deshalb fragte er:
»Wie begann das alles heute?«
»Heute Morgen begrüßte ich den neuen Tag. Er schien den vorangegangenen brav gefolgt zu sein. Ich schaute auf den von der Sonne lieblich beglänzten Fluss. Da war

ein freundlicher Wind, zart raschelte er in den Blättern der Platanen, als wolle er seine Harmlosigkeit betonen. Am neuen Himmel, er war von einem noch blassen Blau, schwammen kleine weiße Frau-Holle-Wolken wie auf den Einstimmungsbildern der Heimatfilme aus den sechziger Jahren in Agfacolor.

Ein Tagesanbruch mit allen Reizstoffen für die Liebe zum Leben und doch, wie ich es immer nur sehen konnte, ein Betrug aufs Ganze. – Ich kann diese Kulissen nicht ernst nehmen. Schließlich ist alles nur so, weil wir es gemäß unserer Sinnesausstattungen so und nicht anders wahrnehmen können. Nur im Fluss sah ich eine Wahrheit.«

»Noch so ein Irrtum. Die Zeit fließt nicht. Die Zukunft war schon da«, sagte der rundliche geschminkte Herr.

»Aha. Und nun?«, fragte Charlotte.

»Was soll schon sein«, sagte der Schwan, »das letzte Kapitel, die letzte Reise, eine Dampferfahrt auf der Styx …«

»Und was bleibt mir? Heiliger Zorn oder Demut und nichts dazwischen?«

»Ja, es ist banal.«

»Es ist unvorstellbar.«

»Es ist banal.«

»Man kann es nicht denken.«

»Es ist normal.«

»Man kann es nicht erfühlen.«

»Es ist der Gang der Dinge.«

»Das sagt man so, ganz hilflos, ein öder Satz!«

»Geben Sie Ruhe. Keine Chance mehr, die Sache zu sensationalisieren.«

»Doch. Ich bin dagegen. In meinem Namen geschieht es nicht!« Charlotte ballt die Faust.

»Ja, süß. Noch ein letztes heroisches Aufbegehren, aber das ist doch unter deiner Würde«, sagte der humorvolle Schwan.
»Sind wir jetzt beim Du?«
»Ja. Deine Regie ist am Ende. Dein Name ist nur noch Schall und Rauch.«
»Ja, schon klar, ich hatte einen kurzen Rückfall.«
»Ist ein Vorwurf noch gestattet?«
»Tun Sie sich keinen Zwang an.«
»Es wurde zu wenig gelacht in deiner Villa.«
»Worüber hätten wir lachen sollen? Es war schon spät geworden.«
»Falsche Frage. Gerade in der Nacht muss man lachen, solange man noch kann. Liest du denn überhaupt keine Literatur? Das ist eines ihrer großen Themen. Einige ernstzunehmende Kollegen von Johanna haben daraus eine grimmig-komische Kunst geschaffen. Und ich spreche nicht von ›Texten‹, ich spreche von Kunst.«
»Auch das Lesen hatte ich letzter Zeit vernachlässigt.«
»Ja, ihr hättet mehr lachen sollen, wenn auch nicht so zwanghaft wie bei eurem furiosen Zerstörungsballett.«

Plötzlich war der ganze Salon in ein glutrotes Licht getaucht.
Glutrot!
Nadine, Leonie und Johanna schrien auf.
»Feuer!«
»Feuer!«
»Feuer!«
Das leuchtende Rot brach sich in den vielen auf dem Boden verteilten gläsernen Splittern, und die roten Flecken,

die auf den Wänden tanzten, wirkten wie vibrierende Blutspritzer.
»Der Fluss brennt«, sagte Charlotte, die erstaunlich ruhig blieb.
Alle starrten auf die großen Fenster. Bis zu deren Mitte schlugen züngelnde Flammen hoch.
Aber, seltsam, man konnte den Brand nicht riechen.
Der Hund und das kleine Mädchen waren durch den Aufschrei der drei Frauen wach geworden. Sie gähnten und reckten sich. Der brennende Fluss schien sie nicht zu ängstigen.
Nadine, Leonie und Johanna dagegen hatten eine kauernde Haltung angenommen und wirkten, als wollten sie am liebsten unter die Sofas kriechen.
Charlotte stand aufrecht – erhobenes Haupt, vorgerecktes Kinn –, so wie sie gestanden hatte mit dem Schürhaken in der Hand.
Der rundliche geschminkte Herr klatschte in die Hände.
»Ruhe, Ruhe, nur die Ruhe. Meine Damen, bitte keine Panik. Der Fluss ist schnell wieder zu besänftigen. Das ist nur sein üblicher Angstmachereffekt zum Schluss.«
So sprach der sehr nette rundliche geschminkte Herr. Und tatsächlich, die Flammen wurden wieder kleiner, der rote Schein blasser.

Und dann schlug der Schwan die Flügel zusammen und rief:
»Das war der Höhepunkt der Show. Mehr haben wir nicht zu bieten. Jetzt ist es an euch. Nur Mut! Auf! Auf! Alle mal herhören. Das ist jetzt das Signal. Zeit zum Aufbruch. Macht euch frisch, packt eure Sachen und ver-

sammelt euch, stellt euch auf in Reih und Glied, die Zeit dieser endlosen Redereien ist vorüber, jetzt ist die Zeit zu gehen …«

Malibu

»Stopp! Stopp! Hör auf! Hör bitte auf«, ruft Mary, »ich geh nicht mehr mit, du hast dich total verrannt mit diesem Märchenkram. Im letzten Kapitel hast du etwas zu tief in die Trickkiste gegriffen. Und ich glaube, das hast du nur getan, um mich zu ärgern, weil du weißt, dass ich als ›Fanatikerin des dreckigen Realismus‹ – wie du immer sagst – diese spukigen Ausflüge ins Phantastische hasse. Und in der Tat, als ich dich bat, den Hergang zu konstruieren, dachte ich, dass du doch etwas näher bei der Wahrscheinlichkeit bleiben würdest. Musste dieses Fabelzeug unbedingt sein?«

Obwohl ihn das Wort ›Fabelzeug‹ etwas zu ärgern scheint – eine kurz umwölkte Stirn deutet darauf hin –, tut ihr Jean den Gefallen und mimt eine Beschämung.

»Was sollte ich machen? Schließlich wolltest du unbedingt eine Geschichte. Und ich hätte wirklich nicht gewusst, wohin ich die vier Frauen zum Schluss führen sollte. Hier kommt nämlich dein geliebter Realismus an seine Grenze.«

»Das musst du erklären.«

»Die Leute tolerieren bereitwillig jede Grausamkeit, da kannst du ohne Erbarmen die mörderischsten Bilder, die brutalsten Szenen liefern, zerfetzte, zersägte, zerschossene Leiber, Blut in Strömen, und du kannst, ja sollst sogar das seelische Leid, die schlimmste Qual in den Mittelpunkt stellen, sie werden dir die Aufmerksamkeit nicht entziehen, aber die Fatalität, die banale, alltägliche unabwendbare Ausweglosigkeit, die kreatürliche Zwangsläufigkeit im Zeichen unserer Endlichkeit, das auslaufende Leben, den Tod als Normalfall, dessen Bebilderung haben sie nicht so gern. Ein Greis, der in seinem nahenden Tod einen Skandal sieht, macht sich lächerlich. Er hat sich zu fügen.«

Mary spielt Entrüstung.

»Ich bin nicht ›die Leute‹ und auch nicht so eng in meinem Literaturverständnis.«

Jean spielt weiterhin den Zerknirschten.

»Entschuldigung. Du musst auch bedenken, da war nicht viel Zeit, mir einen Hergang auszudenken, ich habe einfach Bilder und Dialoge erdacht, die mir durch den Kopf schossen, und ich wollte mir auch Szenerien gestatten, die ich in keinem Drehbuch unterbringen könnte.«

»Ist ja gut, ist ja gut«, sagt Mary im übertriebenen Ton der Begütigung.

– Ja, das sind so die Spiele der Verliebten. –

Aber jetzt kommt Mary wieder hart zur Sache.

»Und wie ging es weiter, was geschah dann wirklich oder wahrscheinlich, oder eventuell, aber bleib bitte etwas mehr auf dem Teppich.«

»Nichts.«

»Was heißt nichts?«

»Sie waren plötzlich alle weg.«

»Ein bisschen ausschmücken darfst du schon noch.«

»Also gut: Die Dämmerung war hereingebrochen. Da niemand das elektrische Licht einschaltete, huschten sie wie Schemen durch die Räume. Ein Schatten wischte an einem Fenster vorüber. Zwei Schatten wurden an einem anderen Fenster sichtbar, sie verschmolzen, für einen Augenblick schien es, als tanzten sie miteinander, dann aber trennten sie sich wieder, um beidseitig ganz ins Dunkel zu tauchen. Hier der Umriss einer gebückten Gestalt, dort eine Silhouette, undeutlich, flüchtig nur erkennbar, eine weiße Hand, die einen Fensterladen schloss. Ein Gesicht leuchtete auf im flackernden Schein einer Kerze und schwebte vorüber … Da war eine seltsame flatterhafte Umtriebigkeit in der Villa.«

Jean kann den leichten Unmut in Marys Miene nicht länger ignorieren, schnell wechselt er den Erzählkurs.

»Okay: Eine jede ging in ihr Zimmer und packte einen kleinen Koffer mit dem Notwendigsten. Nachdem sie alle Läden geschlossen, alle Türen verriegelt, alle Zugänge, auch die kleinste Luke noch, verrammelt und die Alarmanalage eingeschaltet – das Innere also hermetisch abgedichtet – hatten, fanden sie sich wieder in der Garage und stiegen ein in den alten Benz.«

»Aber du willst mir nicht erzählen, dass da auch irgendwelche komischen Fabelwesen eingestiegen sind.«

»Das war in dem Zwielicht nicht zu erkennen. Dann öffnete sich das automatische Garagentor, und der dunkle Wagen brauste heraus, mit Charlotte am Steuer.

Um zwei Uhr in der Nacht kam Dörte nach Hause. Sie hatte keinen Schlüssel, und auch auf vielfaches Klingeln ließ sie niemand herein. Sie war wohl ein wenig zugedröhnt.

Jedenfalls grölte sie mächtig herum und weckte die Nachbarschaft.
Dann ist sie zu ihren Eltern gegangen. Die haben gedacht, dass Charlotte sie vor die Tür gesetzt hätte.

Am nächsten Morgen erschien Janina. Sie fand alle Türen von innen verriegelt. Das war niemals vorgekommen und ist auch nach wie vor ein Rätsel.
Sie hat die Polizei geholt.
Die hat sich Zugang verschafft, und man fand diesen Theodor von Rungholt. In der Bibliothek. Erschlagen.«

»Wer war dieser Rungholt?«
»Das habe ich doch breit erzählt, und es entspricht auch dem, was man eine Tatsache nennt. Er war Charlottes Vermögensverwalter.«
»Wie soll ich wissen, was du dir ausgedacht hast und was nicht?«
»Man hat festgestellt, dass Rungholt erschlagen wurde. Wahrscheinlich mit dem fehlenden Schürhaken. Man hat diese Tatwaffe aber nicht gefunden.«
»Die war auch verschwunden?«
»Ja.«
»So dass man nicht wissen konnte, welche der Frauen für diese Tat in Frage kam?«
»Richtig.«
»Und warum hast du den Mord Charlotte in die Schuhe geschoben?«
»Ganz klassisch. Sie war die Einzige, die ein Motiv hatte.«
»Erzähl weiter.«
»Im Salon: Chaos. Teils geöffnete geleerte, teils umgekipp-

te ausgelaufene Rotwein- und Champagnerflaschen, ein demoliertes TV-Gerät, Reste einer Torte auf der Tapete verschmiert, ein zerstörter schiefhängender Kronleuchter, ein brutal aufgeschlitzter Wandteppich und dergleichen mehr. Mit der Beschreibung dieser Zerstörungen habe ich mich eng an die Fotografien vom Tatort gehalten, die in den Zeitungen abgebildet waren.
Die große dunkelblaue Limousine, ein Mercedes Benz 250 S, Baujahr 1968, stand nicht mehr in der Garage.
Dass alle Türen und Fenster von innen verriegelt und mehrfach gesichert waren, dass auch der Schürhaken verschwunden war, hat die Legendenbildung befördert und auch meine Phantasie beflügelt – wie du ja erfahren musstest.«
»Und war Rungholt so ein Schuft wie in deiner Erzählung?«
»Ja. In böser Weise genial. Von dem Vermögen war nichts mehr übrig. Er hat es unglaublich geschickt verschwinden lassen. Die Finanzexperten werden noch lange zu tun haben, im Bemühen, seine Strategien und Maßnahmen zu durchleuchten.«
»Was wurde aus Janina? Mir ist sie von allen diesen Gestalten die liebste.«
»Janina fand einen Tag später einen dicken Umschlag von Charlotte in ihrem Briefkasten, darin waren fünfzehntausend Euro, ein Dankschreiben und ein glänzendes Zeugnis. Das hat sie zwar ein wenig getröstet, aber sie war die Einzige, die wirklich traurig war.«

»Die Geschichte ist irgendwie unbefriedigend«, sagt Mary.
»Ja unerhört«, sagt Jean, »es muss sich alles fügen, deshalb

lesen die Leute so gerne diese auch von dir favorisierten Romane, weil da immer alles der Gewohnheit und der Wahrscheinlichkeit gemäß und plausibel und befriedigend und angemessen und leicht vorstellbar erklärt wird. Ich aber muss mir nur die Nachrichten eines einzigen beliebigen Tages vor Augen führen, um alles, wirklich alles unbefriedigend und absurd und allenfalls mit Mühe vorstellbar zu finden.«

»Schon gut«, sagt Mary, »häng es bitte wieder etwas tiefer.« Aber diesmal reagierte Jean nicht sofort auf ihren kleinen Verweis.

»Weißt du«, sagte er, »das Bild da im Salon, das ganze Chaos, die Verwüstung, dieses Finale der alten Furien, das erinnert mich an die Terzette, Quartette oder Sextette vieler Opern, wenn sie alle gleichzeitig ganz Unterschiedliches, ja Gegensätzliches zum Ausdruck bringen, aber doch durch die Harmonik der Musik auf etwas Gemeinschaftliches verwiesen sind. Das kann keine andere Kunst.«

Mary ist keine Opernliebhaberin.

»Was hat da stattgefunden? Ein Kampf?«

»Könnte sein.«

»Oder eine Orgie?«

»Könnte auch sein.«

»Aber es könnte doch auch sein, dass irgendwelche Leute von außen gekommen waren, den Raum verwüstet und diesen Rungholt ermordet haben.«

»Und dann haben sie alles von innen verriegelt, haben sich entmaterialisiert und sind durch die dicken Mauern geschwebt?«

»Und die Frauen? Wie sind die aus dem verriegelten Haus geschwebt?«

»Keine Ahnung«, sagte er. »Was meinst du?«
»Ein verborgener Geheimgang aus der Kriegszeit noch?«
»Aha, die Edgar-Wallace-Variante. Nein, nichts zu machen. Da war kein Geheimgang.«
»Mal abgesehen vom großen Wunder der Verriegelung: Sie könnten entführt worden sein.«
»Warum sollte jemand vier steinalte Frauen entführen, die zudem völlig pleite sind? Außerdem hat die Polizei keinerlei Hinweise auf irgendeine Einwirkung von außen gefunden.«
»Wie seltsam.«
»Ja, das sage ich doch: Seltsam. Wahrscheinlich wird man nie wissen, was in dieser Villa zum Schluss geschah.«

Der große Hund erwacht, er steht auf, er steckt sich genüsslich, er schaut hoch zu Mary, er wedelt auffordernd mit dem Schwanz.
»Ich habe Hunger«, sagt Mary. »Lass uns essen gehen.«
»Ja, gute Idee.«
Sie stehen auf. Er legt seinen Arm um ihre Schultern und zieht sie eng an sich. Sie sind schon ein paar Schritte so gegangen, als er sagt:
»Dennoch, ich glaube weiterhin, so wie ich es dir beschrieb, könnte das in der weißen Villa abgelaufen sein. Ich stelle mir vor, dass der Schwan …«
Marie lacht.
»Nun mach mal einen Punkt.«